MANU~~   ~~
INTERDIMENSIONAL
(LIBRO I)

CONTENIDO

PREFACIO 9
LA SITUACIÓN MUNDIAL ACTUAL 11
   Red de control arconte. 16
   -FUENTES DE INFORMACIÓN: ESTUDIO, EXPERIENCIA E INFORMACIÓN ÁLMICA (DEL ORIGEN PRIMORDIAL/FUENTE ORIGINAL). 16
EL ORIGEN PRIMORDIAL/LA FUENTE ORIGINAL. LAS ALMAS
.... 19
   -FALSO PUNTO DE PARTIDA. 19
   -EL ORIGEN PRIMORDIAL/FUENTE ORIGINAL. 19
   -LAS ALMAS. 22
   -NUESTRA OPINIÓN SOBRE TERCERA, CUARTA Y QUINTA DIMENSIÓN. 30
   -LA REALIDAD MULTIDIMENSIONAL. EL OMNIMULTIVERSO.
   31
   -SERES ALMADOS. LA PARTICULARIDAD DE NUESTRO ADN. 32
   -LA TRAMPA DEL YO SUPERIOR. 33
   -SERES SIN ALMA, PORTALES ORGÁNICOS, CLONES, ROBOTS BIOLÓGICOS, ALMAS OSCURAS, ALMAS IMPREGNADAS, HÍBRIDOS. 35
   -LA FUENTE OSCURA SINGULAR 1. 38
   -LA ILUSIÓN DEL TIEMPO Y DEL ESPACIO. 40
   -LA ILUSIÓN DE DUALIDAD. 44
   -PORTALES DIMENSIONALES. CONEXIÓN ENTRE REALIDADES. 46
LA INVASIÓN EXÓGENA 47

- ARCONTES. LA REALIDAD ALIEN. QUÉ SON Y QUÉ QUIEREN. 47
- REALIDAD MATRIX HOLOGRÁFICA DEMIÚRGICA. 51
- MATRIX PARA ALMAS. EL SISTEMA DE CONTROL PARA ALMAS. 56
- LA PARASITACIÓN ARCÓNTICA. 60
- EL SISTEMA DE CONTROL. LA MENTE COLMENA. 72
- ABDUCCIONES FÍSICAS, ABDUCCIONES HETÉRICAS, MENTALES, ENERGÉTICAS. 74
- LA FUSIÓN CON LA DIMENSIÓN OSCURA. EL PROGRAMA DE HIBRIDACIÓN. 76
- LOS CÓMPLICES HUMANOS. 81
- LOS AUTÉNTICOS SERES DE LUZ. ALMAS AYUDANTES E INFILTRADAS. 84

EL NIVEL VIBRACIONAL 89
- ¿SUBIR LA VIBRACIÓN? 89
- DESCONEXIÓN ENERGÉTICA DE LA MATRIX. 90
- CONEXIÓN/SER LA FUENTE ORIGINAL. LA ESPIRITUALIDAD REAL. 90

EL HUMANO PRIMORDIAL 93
- EL ORIGEN HUMANO. 93
- LA REVERSIÓN POR LA INVASIÓN EXÓGENA. 93
- EL REENCUENTRO CON NOSOTROS MISMOS. 98

EL MUNDO ONÍRICO 99
- QUÉ ES EL SUEÑO. 99
- PROCESO ENERGÉTICO DURANTE EL ACTO DE DORMIR. SOÑAR. 100
- EL MUNDO ONÍRICO. 101

LA "AUTÉNTICA" ESCTRUCTURA DE LA TIERRA Y LUNAS. NAVES NEGRAS.. 111
- LA TIERRA. 111
- LAS LUNAS. 117
- LAS NAVES NEGRAS. 119
- VIAJES INTERESTELARES. 123

TIPOS BÁSICOS DE ENTIDADES PARASITARIAS E IMPLANTACIÓN ETÉRICA.. 125
- ALGUNOS TIPOS DE ATAQUES PSÍQUICOS, TIPOS DE SERES Y ENTIDADES, PARASITOLOGÍA ENERGÉTICA, IMPLANTOLOGÍA ETÉRICA... 126

DECODIFICACIÓN Y REORGANIZACIÓN DE FLUJOS DE ENERGÍA E INFORMACIÓN DEL ÉTER................................... 183

SINTONIZACIÓN ÁLMICA/ETÉRICA 183

NUESTRO CAMPO ENERGÉTICO 183
- MORFOLOGÍA BÁSICA DEL CAMPO ENERGÉTICO. 183
- EL CAMPO ENERGÉTICO Y AURA. 184
- RECOMENDACIÓN PARA EL MANTENIMIENTO DEL CUERPO. 186
- NUESTRO MODELO ENERGÉTICO PRÁCTICO. 186
- LA DIVISIÓN CUERPO, MENTE, ALMA Y SU FUSIÓN. 190
- CANAL ENERGÉTICO, CANAL MEDIÚMNICO Y CANALIZACIONES. 191
- ACTIVACIÓN DEL CAMPO ENERGÉTICO. 192
- EMPODERAMIENTO Y AUTOSUFICIENCIA. 192
- SINTONIZACIÓN ÁLMICA. 194

PRECAUCIONES BÁSICAS. PRÁCTICAS A EVITAR PARA LA LIBERACIÓN DEL SISTEMA DE CONTROL............................ 199

-PROTECCIÓN CONSTANTE. 199

-LAS BACK DOORS, CONTRATOS ENERGÉTICOS, CONEXIÓN CON ENTIDADES. 199

-PRECAUCIÓN EN LAS PRÁCTICAS. 200

EJERCICIOS ENERGÉTICOS.. 209

-EJERCICIO DE ACTIVACIÓN ÁLMICA (CONEXIÓN CON EL ORIGEN PRIMORDIAL/ FUENTE ORIGINAL). 209

-EJERCICIO DE PROTECCIÓN Y LIMPIEZA ENERGÉTICA. BÁSICO.. 214

-EJERCICIO DE PROTECCIÓN ONÍRICA. 220

-EJERCICIO DE EXPANSIÓN DE VIBRACIÓN ARMÓNICA. LA FRECUENCIA DE LA VERDAD. 223

-EJERCICIO DE PROTECCION CELULAR. LA ESENCIA DE LA VIDA. 228

-EJERCICIO DE CONTRAATAQUE...................................... 233

-EJERCICIO DE CONTRAATAQUE Y HACKEO. CORTE A LA RECOLECCIÓN DE LOOSH. 243

-EJERCICIO PARA NEUTRALIZACIÓN DE EGRÉGORES.. 245

-EJERCICIO PARA NEUTRALIZACIÓN DE RITUALES. 246

EPÍLOGO 249

MANUAL DEL GUERRERO INTERDIMENSIONAL

(LIBRO I)

MANU M

Ilustraciones: Irra

PREFACIO

Llegó a nuestras manos un documento que pretendía ser una novela de ficción sobre una experiencia multidimensional de un alma llegada a esta realidad para ayudar a las que aquí se encuentran retenidas contra su voluntad, por desconocimiento o engaño, o a las que han venido a ayudar.

Incluía información sobre cómo guerrear en la multidimensionalidad con los diferentes seres, parásitos y peligros que la habitan.

Tomada esta información, decidimos ordenarla y presentarla a modo de manual o libro, al estilo de "Guía de supervivencia zombi" de Max Brooks, donde narra cómo sobrevivir en un mundo invadido por zombis.

Surge así **Manual del Guerrero Interdimensional**, cuyo supuesto narrador nos ofrece herramientas, consejos, sugerencias y opiniones, en un mundo donde existen múltiples posibles dimensiones, para quien tenga que bregar en esta multidimensionalidad y sus peligros, quien quiera "despertar" y ser lo más "libre" posible.

Quien tenga ojos que vea.

LA SITUACIÓN MUNDIAL ACTUAL

Nos encontramos en un momento crítico para la humanidad, que muchos sabíamos que llegaría, pero que no creíamos que íbamos a vivir. Aunque realmente nosotros no creamos en la dualidad oscuridad/luz, bien/mal, nos referiremos a la fuerza controladora parasitaria que nos invade como *oscuridad*.

La oscuridad ha mostrado su cara ya sin ocultarse, para el que quiera realmente ver, y el destino actual de este planeta está en el filo de la navaja. Al estilo de una película de ciencia ficción, pero como veremos, la realidad, como siempre, supera la ficción (nos encontramos escribiendo esto en el año 2021).

Llegó el momento de mostrar las cartas y de conocer de una vez al "adversario". Siempre se ha dicho que la información es poder y un gran poder conlleva gran responsabilidad; cosa que nos hemos ido dando cuenta a base de experiencia.

Vamos a exponer nuestra visión sobre la auténtica realidad que habitamos en este planeta granja/prisión dentro de una matrix holográfica hiperdimensional para almas, para aquel que quiera ser consciente o hasta para el que se quiera preparar para plantar cara.

No pretendemos convencer a nadie de nada pues tú mismo decidirás si tomas y adoptas esta información como propia, si la sientes y la incorporas. Normalmente este tipo de informaciones se toman como algo anecdótico y curioso, buscando el interesado en múltiples fuentes de información que muchas veces entran en contradicción. Se da también que este cambio de paradigma o ruptura con la realidad ordinaria no es fácil de asimilar para todos, pudiéndose llegar a una especie de catarsis, miedo, melancolía y no llegar a aceptarlo, volviendo al modelo mental anterior sin abandonar su "jaula" de confort.

Lo aquí expuesto es el fruto de mucho esfuerzo, investigación y trabajo. Puede suponer un cambio en tu visión holística de la realidad y ayuda para escapar del sistema mental de control impuesto, pero si sientes rechazo probablemente es o que no estás preparado todavía para asimilarlo o no has escapado lo suficiente del sistema de control. Por supuesto nosotros no tenemos la verdad absoluta. Cada uno decide su verdad y su camino, pero tengamos en cuenta que verdad solo hay una. Tendrá diferentes puntos de vista y enfoques, pero verdad es verdad.

Esto no es una visión pesimista ni derrotista de la realidad: todo lo contrario. Es un llamamiento a mostrar y plantarle cara a la auténtica realidad, siendo capaces de mantener siempre nuestra luz y buena energía, no dejando nunca que nos la apaguen. Despertando a la realidad, nuestra auténtica naturaleza, poder, empoderamiento y soberanía.

Adoptaremos la nomenclatura y térmicos ya establecidos en el *Tratado sobre Arcontes* de Fran Parejo y Jaconor 73, para seguir la misma línea de trabajo y compartir la visión de toda esta compleja información (y a la vez sencilla una vez comprendida y asimilada).

Este primer libro es un resumen esquemático de una parte de la información disponible. El exponerlo todo de forma más amplia, detallada y explicando como para neófitos en la materia, necesitaría extensos volúmenes imposibles de abarcar en uno solo. Por tanto, este primer tomo tocará la información básica y primeros ejercicios, a nuestro entender necesarios, para seguir profundizando y poder acceder al conocimiento práctico.

Nos ha tocado vivir estos tiempos. Llegó el momento de plantar cara y desde aquí lo hacemos al núcleo del problema, a su auténtico origen. Con la convicción plena de que la auténtica esencia primordial y verdad se impondrá, pues hasta el más pequeño ser puede contener la más grande energía y generar la fuerza suficiente para ir tumbando poco a poco todas las fichas, hasta llegar a la más grande.

LA FALSA PIRÁMIDE DE PODER

Se nos *ha vendido* esta imagen como la pirámide de poder y control en la sociedad mundial actual. Desde la base, donde se encuentra la población en general, va ascendiendo en escala de poder hasta llegar a lo más alto, a las entidades arcónticas y demiúrgicas (representado por el famoso "ojito") controladoras de todos lo que hay por debajo.

ENTIDADES
EXÓGENAS
Y ENDÓGENAS
—
BRUJOS Y DRUIDAS
OSCUROS JERARCAS
SOCIEDADES SECRETAS,
SECTAS DE PODER
CORPORACIONES
BANCOS, MULTINACIONALES,
FALSOS FILÁNTROPOS, NOBLEZAS
POLÍTICOS, SISTEMA JUDICIAL
EJÉRCITO, POLICÍA, FUERZAS REPRESORAS
POBLACIÓN COMÚN

Por encima de este "ojo" están los verdaderos arcontes, las mega inteligencias demiúrgicas (llamado el demiurgo), deidades arconte, las mega entidades macrodimensionales oscuras (ocupando varias dimensiones a la vez)... Hasta llegar a la Fuente Oscura Singular 1 y demás fuentes parasitarias (dentro de este esquema; esto en realidad sería mucho más amplio). A estos arcontes reales y deidades arconte son a los que habría que frenar y bloquear principalmente, su acceso a esta realidad.

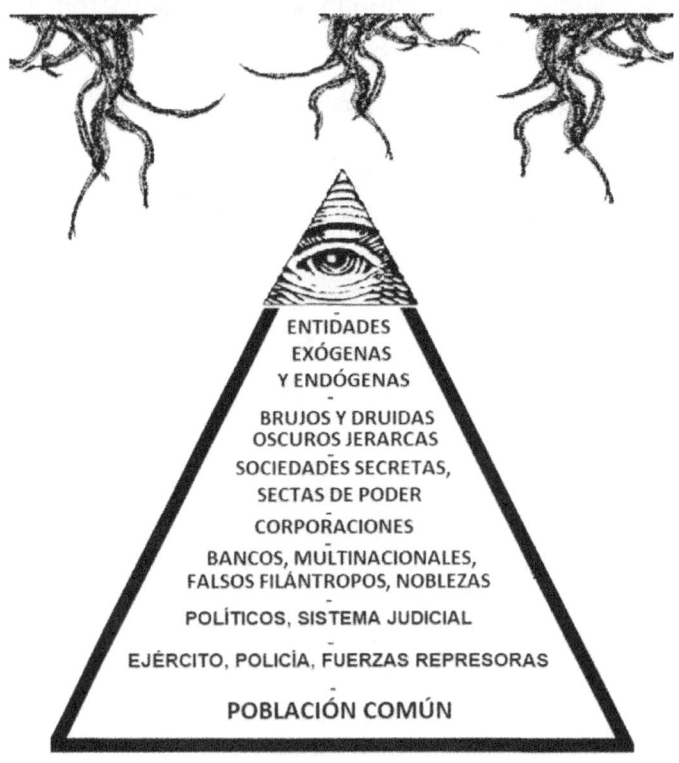

ENTIDADES EXÓGENAS Y ENDÓGENAS
-
BRUJOS Y DRUIDAS OSCUROS JERARCAS
SOCIEDADES SECRETAS, SECTAS DE PODER
-
CORPORACIONES
-
BANCOS, MULTINACIONALES, FALSOS FILÁNTROPOS, NOBLEZAS
-
POLÍTICOS, SISTEMA JUDICIAL
-
EJÉRCITO, POLICÍA, FUERZAS REPRESORAS
-
POBLACIÓN COMÚN

Pero realmente, este modelo es otra forma de programación. Tengamos en cuenta que si todo el diseño de esta matrix está diseñado para tener al ser humano sometido, el que es realmente importante en toda esta ecuación es el ser humano, aunque se le quiera convencer de lo contrario.

Y el que realmente estaría en la parte superior de la pirámide sería el humano (almado, como parte del Origen Primordial); o más bien la pirámide debería estar invertida.

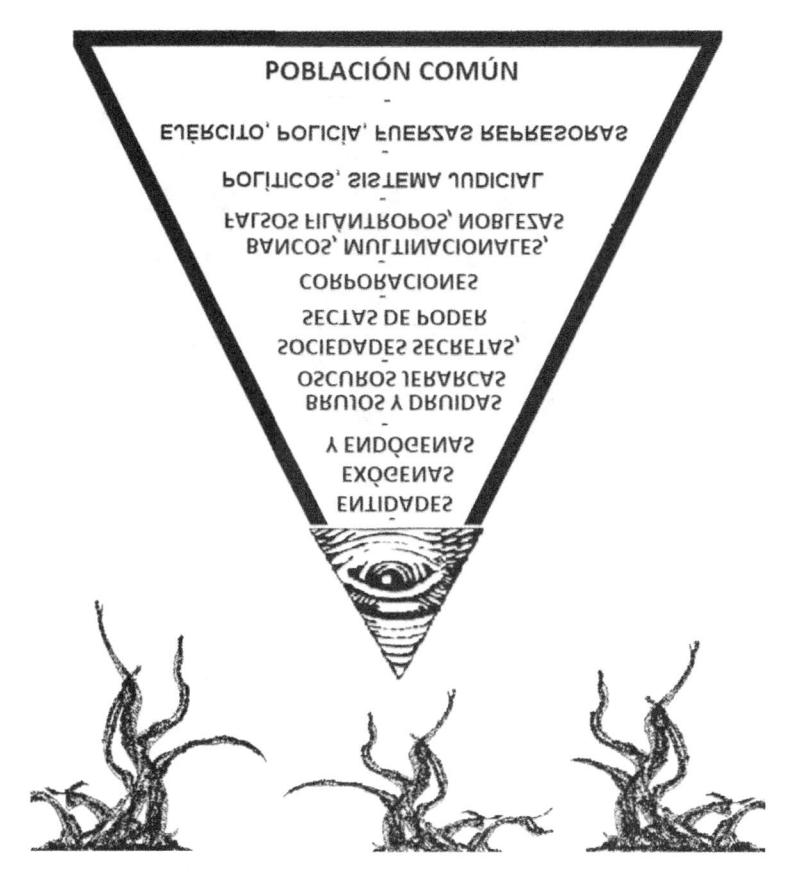

POBLACIÓN COMÚN
-
EJERCITO, POLICIA, FUERZAS REPRESORAS
-
POLITICOS, SISTEMA JUDICIAL
-
FALSOS FILANTROPOS, NOBLEZAS
BANCOS, MULTINACIONALES,
CORPORACIONES
-
SECTAS DE PODER
SOCIEDADES SECRETAS,
OSCUROS JERARCAS
BRUJOS Y DRUIDAS
-
Y ENDÓGENAS
EXÓGENAS
ENTIDADES

El auténtico modelo de control sería una especie de cadena con los eslabones entrelazados y asociados entre sí, a modo de red (siendo cada eslabón un subconjunto formado a su vez por muchos más subconjuntos; una parte de la anterior pirámide), y colándose e interactuando (interfiriendo) con cada subconjunto, un tentáculo oscuro de la masa oscura total que lo impregna todo desde fuera y desde dentro. La interferencia y control arconte (con la invasión exógena).

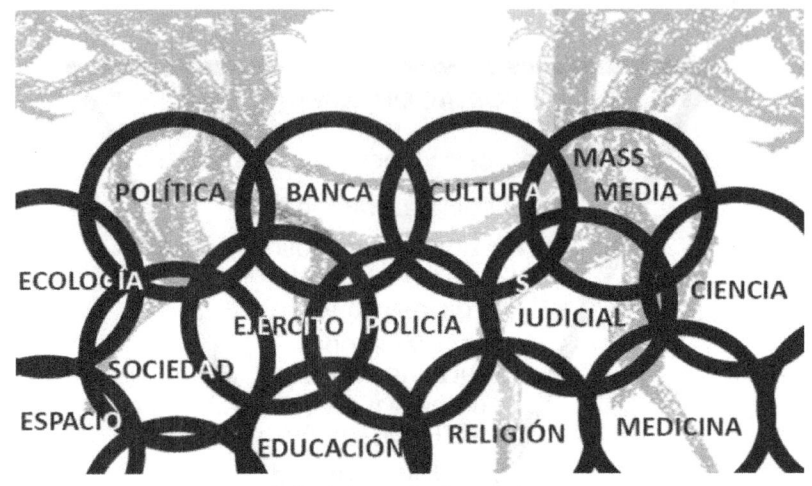

Red de control arconte.

Escapando del sistema de control, aumentando nuestra consciencia y capacidades, podremos ir desconectándonos del sistema arconte y poco a poco recuperar nuestra auténtica naturaleza.

-FUENTES DE INFORMACIÓN: ESTUDIO, EXPERIENCIA E INFORMACIÓN ÁLMICA (DEL ORIGEN PRIMORDIAL/FUENTE ORIGINAL).
La fuente de información que manejamos se basa en tres núcleos básicos:

ESTUDIO

Estudio en multitud de lecturas durante años, prácticamente desde la infancia (libros, revistas, artículos...); talleres prácticos realizados de muchos tipos (algunos dentro de la new age, pero conseguimos darnos cuenta de sus trampas, saliendo de ellas); entrenamiento y profundo estudio marcial con entrenamiento sobre el control del Ki (energía universal de diversos tipos que forma el universo que habitamos procedente de la Fuente de Ki, subfuente de la Fuente Original); multitud de material audiovisual de todo tipo y con todo tipo de informaciones... En definitiva, estudio y reflexión durante años de múltiples materiales.

EXPERIENCIA

Multitud de casos de limpiezas energéticas, remoción de entidades hiperdimensionales y parasitarias; conocimiento de multitud de personas con múltiples experiencias de todo tipo, con capacidades psíquicas y mediúmnicas; experiencias e información compartida directamente y sobre el terreno; decodificación de flujos de energía e información del éter (que también llaman visión remota).

INFORMACIÓN ÁLMICA

Con consciencia y entrenamiento los seres almados pueden tener la capacidad de acceder a la información registrada en el alma y la registrada en el Origen Primordial (prácticamente toda la información posible). Lo que también Jaconor 73 llama la Gran Mente Cósmica.

Esta información no consideramos que sea lo mismo que los registros akáshicos, pues estos han sido adulterados y manipulados a través de la new age y se han convertido en una suerte de egrégor.

Muchas veces la información álmica accedida solo llega hasta donde le receptor es capaz de comprender mentalmente, pues si no sería incapaz de descifrar su contenido y podría tener un *cortocircuitado* mental, por así decirlo. Esto hace que a veces haya que interpretar estos datos basados en la experiencia, conocimiento y consciencia previa. Pero estos límites se pueden ir superando.

Este tipo de acceso es quizá la mayor herramienta y fuente de información que podemos tener (no confundir con las canalizaciones, que es información directamente dada por la comunicación con alguna entidad). Por ello, hay diferentes *cortafuegos* de los controladores que hacen difícil su acceso, como implantaciones etéricas, programación mental, la barrera electromagnética y etérica que envuelve el planeta, barreras y vigilancia entre dimensiones, desinformación constante, interferencias arcónticas...

Pero hay *trucos* para saltarse todas estas barreras...

EL ORIGEN PRIMORDIAL/LA FUENTE ORIGINAL. LAS ALMAS

-FALSO PUNTO DE PARTIDA.
"Cuando se parte de una falso punto de partida, todo lo que viene después es una ilusión".

Esta sentencia del maestro en ilusionismo Arturo de Ascanio es la base para entender cómo si se parte de una premisa incierta, todo el desarrollo posterior es igualmente incierto. Lo primero que hay que comprender es qué somos realmente, cosa bastante difícil debido a la brutal programación que tenemos desde incluso antes del momento del nacimiento e incluso después de la muerte biológica.

-EL ORIGEN PRIMORDIAL/FUENTE ORIGINAL.
Esta es una de los conceptos y verdades más importantes, o la más importante, que hay que comprender para ser conscientes de la realidad en la que habitamos.

Mucho se ha dicho y hablado de la Fuente Original o Primordial, sobre todo para quien realiza prácticas energéticas, de sanación, o incluso en algún tipo de religión o culto.

Se habla del Creador, de Dios, del origen de todo, del origen del universo... Este concepto se ha ido también tergiversando, confundiendo y mal utilizando, ya sea por su incomprensión o por interferencia de quienes no quieren que lleguemos a poseer esta verdad. Por eso utilizaremos el término Origen Primordial, que iría más allá del significado que se le pretende dar a Fuente Original, escapando de una errónea interpretación.

Como en casi todo en esta multirrealidad o multiverso, tiene una trampa o múltiples lecturas. Engaños en los que solemos caer para seguir dándole vueltas a lo mismo y nunca llegar a la esencia misma del todo.

Hay que hacer un gran ejercicio de abstracción imaginativa para vislumbrar y comprender lo que realmente es el Origen Primordial/Fuente Original. Mucho se puede hablar o debatir, clasificar y reagrupar, pero somos partidarios de la simplicidad y lo práctico, pues la suma de todo el conocimiento al final se resume en lo más sencillo. Y la simplicidad no es para nada una simpleza: todo lo contrario. Para llegar a lo simple hay que pasar por un arduo camino de trabajo, estudio y experimentación (quizá de muchas vidas), para ser conscientes de lo extremadamente complejo del tema, pero a su vez sumamente sencillo.

Queremos expresar desde esa sencillez para llegar a la verdad del alma. El Origen Primordial/Fuente Original no es una bola de energía expandiéndose en el centro del universo ni de la galaxia. No es un ser que se hizo consciente de sí mismo y decidió realizar la creación, el universo y el logos. Todo esto es una visión simplista que nos limita y nos impide ver y sentir, al tiempo que nos coloca en un lugar como parte de la creación que no nos corresponde, porque realmente no existe la creación tal y como la entendemos. La creación que se nos ha vendido no es más que una manifestación de esta realidad o matrix de densidad de materia, de la ilusión del tiempo y del espacio, que habitan nuestros cuerpos físicos.

El Origen Primordial/Fuente Original es todas las frecuencias energéticas y vibraciones habidas y por haber. Es decir, es todas las frecuencias infinitamente altas y todas las frecuencias infinitamente bajas. De donde surge todo lo posible, todos los universos, materiales e inmateriales, todas las dimensiones habidas y por haber, toda la energía en todas las expresiones posibles.

No habita ni ocupa un espacio, pues el espacio es una ilusión y manifestación de alguna de sus dimensiones causales, ni está ubicada en ningún sitio. Está en todas partes y en ninguna a la vez, en todas las dimensiones posibles, infinitas. Es por tanto infinita y como tal no está sujeta al tiempo, al espacio, ni a ninguna limitación. Estas limitaciones las encontraríamos en algunas de sus manifestaciones causales o realidades dependiendo del grado de desarrollo de sus *pobladores*.

Tampoco se expande ni se retrae pues el tiempo es otra ilusión interferida de la matrix (cualquiera de ellas, pues hay muchas matrixs y submatrixs posibles).

No es consciente de nada y a la vez contiene y es contenida por todo el conocimiento posible, consciencia absoluta. Es un todo infinito y un vacío absoluto. Está en todo porque no existe el espacio fuera de una interpretación, por tanto cohabita todo lo experimentable y a la vez nada. Por tanto es todo.

Simplemente hay que ser consciente de todo esto. Va más allá de una onda o pulso de energía ubicada en el centro del universo. Eso sería algún tipo de fuente de energía, quizá el origen de este universo. Por eso se malinterpreta lo que realmente es la Fuente Original, porque de ella partirían todos los universos y dimensiones posibles. Por eso llamarlo el Origen Primordial. No sería correcto visualizarlo como un surtidor de energía como lo que entendemos por fuente (un surtidor de fluido), aunque realmente sea una fuente de energía infinita, pues de ella surge, siendo creadora y creación a la vez.

Para comprenderlo tenemos que pensar más allá de este universo, del tiempo y del espacio, no ubicarla espacialmente, sino recuperar nuestra consciencia, comprensión y pensamiento hiperdimensional.

Como contiene todas las frecuencias energéticas posibles, pueden darse a lugar infinitas dimensiones. Y dentro de esas dimensiones, a su vez, más subdimensiones con sus diversas realidades y subrealidades, matrixs y submatrixs.

Que pensemos que nuestro universo es el todo, es una visión muy corta de la realidad, pues este universo no es más que una matrix derivada de un rango frecuencial que ha dado lugar a una dimensión y sus subdimensiones.

Por tanto, la Fuente Original o Primordial, el Origen Primordial, es de donde parte todo, más allá de este universo. Es de donde parte el omnimultiverso y lo es a la vez, que es casi imposible de imaginar por una mente humana, donde está contenido todo el conocimiento y todas las frecuencias energéticas posibles.

Todo es energía y todo es vibración porque todo parte del Origen Primordial/Fuente Original.

-LAS ALMAS.
Otro concepto que hay que entender y tener muy presente para comprender la realidad del Guerrero Interdimensional, es la existencia de las almas.

No nos referimos a las almas de las religiones, ni a las platónicas, ni las del espiritismo, conceptos normalmente adulterados, algunos con mala intención y otros no, que nos alejan de la verdad de nuestra esencia.

Algunos lo llaman chispa divina, luz divina, chispa energética, etcétera. Nosotros por comodidad utilizamos el término alma, ya que si nos referimos a ella como por ejemplo nuestro yo divino, para nosotros lo divino está asociado a seres de "inferior" rango pues posiblemente no pertenezcan al Origen Primordial por procesos que veremos después.

Nuestros cuerpos físicos tendrían contenido en sí mismos la Fuente Original. Solo hay que ser realmente consciente de esto y de que la divinidad es otra ilusión o trampa que nos han vendido para alejarnos de nuestra auténtica naturaleza pretendiendo que seamos programados como seres inferiores.

También hay información canalizada sobre qué son las almas y su clasificación, poder de creación, si tenemos almas gemelas porque parten de la división de un mismo alma mayor...

Para nosotros, el alma (o ánima para otros autores, pero repetimos, utilizamos el término alma por comodidad sin tener nada que ver con las religiones), no es una bolita de luz que vaga buscando cuerpos para habitar. No es una división de una fuente de energía ni es algo independiente físicamente.

Según algunas clasificaciones, el alma es una porción de la Fuente Original que parte de otra mayor que se ha dividido en dos, que a su vez parte de otra también dividida en dos, hasta llegar a una subdivisión que es más cercana a la Fuente... Para nosotros esto no tiene sentido y pensamos que es una interferencia, pues mucha de esta información proviene de fuentes de información canalizada. Si tenemos en cuenta que el Origen Primordial/Fuente Original es infinita, no se puede subdividir en porciones, pues por definición, cualquier parte de ella sería infinita. Si no la Fuente no sería infinita, sería finita. Lo que varía es la capacidad de manifestación del alma dependiendo del continente físico que tenga, como es nuestro caso de seres humanos cuya manifestación está actualmente sesgada, o denpendiendo de los factores de expresión y capacidad de manifestación en cada dimensión y en sus realidades.

El alma es una fractal del Origen Primordial. Es una prolongación de sí misma en una estructura perfecta infinita, que a su vez no está estructurada (no caigamos en el diseño demiúrgico de este universo). Podríamos decir para entendernos, que si la Fuente fuese una flor, un alma sería uno de sus pétalos. Pero al ser infinita, ese pétalo es también infinito y por tanto es la Fuente en sí misma.

Un alma, aunque la entendamos como una subdivisión de la Fuente, al ser esta infinita, es a su vez la Fuente entera, la Fuente en sí misma, pues al ser infinita no se puede dividir. Si se pudiese dividir o extraer aunque sea solo una porción, ya no sería infinita (salvo la extraña singularidad de la Fuente Oscura y otras posibles singularidades que tocamos después; todavía estamos en antecedentes).

Por tanto, las almas estamos constantemente conectadas a la Fuente porque somos la Fuente. Y por tanto tenemos la capacidad de la creación y acceso al conocimiento infinito.

Porque una cosa muy importante que hay que entender, es que no somos un cuerpo con alma. Sino que somos un alma con cuerpo, y lo que realmente rige nuestra existencia es el alma.

Nuestro cuerpo físico y nuestra mente, no son más que avatares, recipientes físicos limitantes en los que estamos atrapados, voluntariamente o por engaño. Y los controladores *hacen* todo lo posible para que no recordemos y olvidemos esa verdad, para ser víctimas y seres sumisos, consumidos y parasitados, engañados y manipulados constantemente.

Pero todos estos contenedores son recipientes y prisiones virtuales. Recordemos que la Fuente es indivisible y la conexión con la Fuente es energética e interdimensional. Solo hay que ser consciente de ello y el proceso de recuperación de memoria álmica ya habrá comenzado.

Para sentirla físicamente, normalmente le damos la ubicación del pecho (aunque podríamos hacerlo en cualquier parte del cuerpo). Unos en la zona del corazón, glándula timo, y otros más hacia el plexo solar.

Existen muchos ejercicios de tipo energético que se suelen hacer para conectar con la Fuente como con rayos de colores a través de los chakras, lanzar un tubo de luz desde la cabeza al centro del universo, rayos dorados al pecho, y cosas del estilo; mayormente son distorsiones para interferirnos o parasitarnos incluso. No quiere decir que quien las promulgue lo haga con maldad e incluso muchas de estas prácticas pueden funcionar, pero son proclives a una parasitación y a no conectar realmente con la Fuente Original, porque realmente no hay que conectar con nada (como si fuese un enchufe) sino despertar nuestro poder interno como fractales del Origen Primordial/Fuente Original.

Aunque realmente así conectemos con alguna fuente de energía, pues fuentes hay muchas y muchos universos, y conectemos con una energía que nos dé un cierto poder o bienestar, esa realmente no sería la Fuente Original. Porque esta no está ubicada en ningún lado (y la traemos de serie; los seres almados, claro).

Cuando seamos conscientes de esto y podamos asimilarlo, huyendo de la ilusión del tiempo y del espacio, de la dualidad, el paso dado será enorme. Seamos conscientes de que toda esa ilusión proviene de una programación mental e información adulterada. Tampoco pedimos que aceptes nuestra información y descartes lo demás. Eso tendrás que decidirlo tú mismo y sentirlo.

Muchas veces nos han dicho, volviendo a los ejercicios de conexión con algo: -Pero esa energía me hace sentir muy bien y con ella sano o me han sanado...-. A nuestro entender están cayendo en trampas. No se trata solo de subir nuestra vibración. No se trata de sentir felicidad y amor (aunque lo hacemos). Va más allá y a la vez es más sencillo.

La realidad es que todo es energía y vibración. Y hay quien la consume y quien es consumido. El nivel de consciencia y la empatía por otros seres es la que genera *amor*. Pero las emociones son una densificación energética, tanto las positivas como las negativas. Lo idóneo es la ecuanimidad. El amor es necesario y la compasión y empatía nos son afines como todos los valores elevados del alma. Pero a nivel de realidad energética la cosa va mucho más allá que esas particularidades de esta matrix.

El auténtico amor incondicional es la comprensión de nuestra auténtica naturaleza y de lo que realmente somos. Ese es el primer paso. El paso hacia el Origen Primordial/Fuente Original, hacia nosotros mismos.

Todo lo que expondremos se basa en que tengamos la convicción de que realmente somos almas, fractales infinitas del Origen Primordial/Fuente Original contenidas virtualmente en avatares físicos.

APUNTES SOBRE EL ORIGEN PRIMORDIAL

Hemos expuesto de manera esquemática y sintetizada el concepto de la Fuente Original o Primordial, qué es, su significado e implicación en toda la existencia.

Vamos ampliando información sobre esta verdad que va más allá de la creación de este simple universo. Si bien, venimos observando que el término no termina de ser bien entendido y hasta se está mal interpretando o mal utilizando.

Cuando se habla de fuente, se puede entender como una especie de surtidor o emanador del que emana algo. También como principio, fundamento u origen de algo.

Así, se toma a la Fuente Original como un surtidor de energía inagotable de donde parten todos los rangos de frecuencia, vibración y energía habidos y por haber, ya que no está sujeta al tiempo y al espacio.

Aunque esto se puede entender así, puede llamar a confusión y malinterpretación ya que se busca así la conexión, a modo de enchufe, con una fuente de energía externa. La Fuente Original es emanador y a la vez es lo emanado, siendo el origen de donde parte todo y a la vez ese todo. Infinita.

Como ya hemos dicho, es todas las frecuencias habidas y por haber en todas sus expresiones posibles, dando lugar a todas las dimensiones posibles en el omnimultiverso. Contiene toda la información registrada y a la vez la sigue generando de forma interminable.

Es infinitamente extensa e infinitamente contráctil, se expande infinitamente hacia afuera e infinitamente hacia adentro pero sin ocupar espacio ya que este es una ilusión o interpretación de la densificación de materia según el tipo de realidad que se perciba o según el rango extradimensional.

Por tanto, hemos acuñado el término Origen Primordial para referirnos a la Fuente Original, concretar más su concepto y evitar confusiones y mal interpretaciones.

Lo hemos repetido, pero para seguir aclarando, el Origen Primordial contiene todas las fuentes de energía o hiperdimensionales, todas las fuentes oscuras, todas las fuentes luminosas, la fuente de Ki, la fuente antientrópica, las fuentes de generación entrópica, etc. Todas subfuentes del Origen Primordial de donde también surgen las fuentes singulares creadas por singularidad gravitacional o cuántica, surgiendo el proceso de parasitación (al estar desconectadas de la Fuente Original sin el proceso de parasitación o recuperación de energía tenderían al colapso), ya sean luminosas u oscuras, información que iremos ampliando.

Y como venimos diciendo, siendo el núcleo de nuestra información, las almas son fractales infinitas de ese Origen Primordial infinito que en los seres humanos almados están contenidos virtualmente gracias a la singularidad de su ADN, que es otra fractal bioenergética con una codificación particular.

Por tanto un alma, alejándonos de conceptos religiosos o de metafísica distorsionada, es en sí la emanación total del Origen

Primordial, limitada por la particularidad del avatar físico o de otro tipo, que ocupe en ese momento.

Esa fractal al ser infinita no se puede dividir ni subdividir en diferentes tipos de ánimas, pero como hemos visto su manifestación o expresión sí puede verse limitada, y en algunos casos muy limitada, siendo algunas veces un logos creador, y otras, consciencias humanas por ejemplo.

En un cuerpo físico, podemos percibirlo como una emanación energética infinitamente profunda hacia dentro de nosotros e infinitamente expandida hacia fuera, pero siendo a la vez lo mismo y sin división.

Por eso no es necesario conectar con nada externo, ni a través de nada, para sentir el Origen Primordial, la Fuente Original. Porque los seres almados la tienen contenida en sí mismos. Somos alma con cuerpo, no cuerpo con alma.

Ya hemos explicado que el proceso de conexión no debe considerarse como el enchufarnos a algo, sino como el despertar esa consciencia de nosotros mismos y la hemos matizado como activación álmica.

Ese proceso de conscienciarse no tiene por qué ser un proceso intelectivo. Puede ser un proceso instintivo y de hecho debería producirse de forma natural. Pero debido a la manipulación de los controladores, nos vemos obligados a hacerlo con la disciplina.

Pues las almas que han venido a participar en el proceso de liberación del yugo arconte lograrán su propósito, pero no sin antes mucho esfuerzo. El mundo real de la espiritualidad no es el mundo flower power que nos han vendido.

Por eso, los procesos de ascensión como por ejemplo a quinta dimensión de los que tanto se habla, los consideramos incorrectos pues se pasaría de una matrix a otra, incluso peor al estar más engañados creyendo que nos hemos liberado. El auténtico proceso es despertar nuestra consciencia Original y nuestro poder interno, identificarnos con nuestra esencia álmica, nuestra esencia Original Primordial.

-NUESTRA OPINIÓN SOBRE TERCERA, CUARTA Y QUINTA DIMENSIÓN.

Suele considerarse la tercera dimensión como la que se percibe con los sentidos en tres vectores o dimensiones (ancho, alto, profundo), la materia y lo físico.

La cuarta se considera más emocional e incluso algunos lo consideran el tiempo, fuera de la percepción física o entre ambas.

Y quinta dimensión sería el nivel más sutil donde "habitarían" los llamados seres de luz o entidades más elevadas vibracionalmente con mayor consciencia del todo y de la realidad, e incluso se supone que fuera del control de esta matrix. Cosa errónea.

Esta clasificación nos parece muy simplista y promulga la separación en diferentes categorías, llegando a creerse incluso unos más despiertos que otros o hasta superiores, pues hay quien piensa que ha ascendido o está ascendiendo a quinta dimensión.

Podría valer a un nivel sencillo como formas de percibir a diferentes niveles de percepción o como clasificación vibratoria muy genérica para empezar a entender los diferentes niveles de realidad. Pero por lo que observamos suele traer más confusión que certeza y no dejan de estar dentro de la misma matrix, siendo usado incluso en canalizaciones con no se sabe qué entidades para seguir en el mismo bucle una y otra vez.

De hecho, las personas que nos hemos encontrado que afirman estar en quinta dimensión o canalizan y contactan con seres de ella, suelen ser de las más parasitadas y de formas más extrañas.

Lo relativo a la ascensión a quinta dimensión es una trampa para limitarnos multidimensionalmente y para hacernos pasar de una matrix a otra incluso peor. Y la cosa va bastante más allá.

El intento de fusión con la dimensión oscura y la interferencia en las líneas temporales para evitar el auténtico despertar masivo, es lo que hay detrás de todo lo que está pasando. Además de la posible intervención de otra facción o facciones hiperdimendionales (actualmente hay varias facciones en disputa por este planeta granja prisión) que les haría perder a los actuales controladores su control sobre la graja (pero probablemente lo tomarían otros y no sabemos con qué intenciones).

Consideramos que lo referido a ascensiones a quinta dimensión u otras son interferecias y desviaciones que habría que reconsiderar. El auténtico despertar no es ascender a nada, sino despertar nuestro interior, la auténtica esencia primordial álmica.

-LA REALIDAD MULTIDIMENSIONAL. EL OMNIMULTIVERSO.
Si partimos de la base de que la Fuente Original es infinita y contiene todas las frecuencias y niveles vibratorios posibles, el limitar las dimensiones o niveles vibracionales a cinco, es obvio que queda muy reducido. Estaríamos dejándonos guiar

simplemente por una capacidad de percepción mermada desde la matrix o por muy pocos rangos de densificación.

Con un simple análisis es obvio deducir que existirían infinitas dimensiones e infinitas formas de percibir. Nuestro universo, o la visión que nos han vendido de él que estaría dentro de la visión limitante de lo físico, que en sí mismo ya crearía un multiverso, no sería más que una mínima parte dentro de las infinitas dimensiones y posibles niveles de densificación energética donde el tamaño, el tiempo y el espacio son ilusorios dependiendo de la percepción mental o la capacidad perceptiva.

Todos los posibles universos con todos los multiversos posibles forman el omnimultiverso (Jaconor 73 dixit). La capacidad de percepción de cada rango frecuencial se daría, a modo de ejemplo, como si estuviésemos buscando los diales en una radio y vamos cambiando de frecuencia pasando de una a otra. Sintonizando con cada frecuencia pasando de un "dial" a otro.

-SERES ALMADOS. LA PARTICULARIDAD DE NUESTRO ADN.
Dentro de la new age, metafísica, espiritismo y en diferentes disciplinas, se consideran diferentes tipos, clasificaciones y divisiones de almas. Por ejemplo, se dice que existe un alma superior que se divide en dos, que a su vez se divide otra vez en dos (almas gemelas) y estas son las que ocupan los cuerpos físicos (como ya hemos comentado).

Pensamos que si partimos de la base de que el alma es una fractal de la Fuente Original que es infinita, por tanto el alma es infinita y por tanto es la Fuente en sí misma, no tienen sentido las divisiones y subdivisiones. Salvo quizá por el tipo de cuerpo que habitase y que permitiese mayor o menor expresión de ella.

Nuestro ADN ha sido manipulado, y sigue manipulándose, durante milenios. Sabemos del ADN inactivo que contienen nuestras células (mal llamado ADN basura a propósito), que si estuviese totalmente activo y se desarrollase plenamente, despertaría en nosotros las capacidades físicas, mentales, energéticas y espirituales cercenadas por los controladores para mantenernos dentro de su sistema de control, físico y extradimensional.

Nuestro ADN tiene la capacidad que albergar virtualmente al alma, a la Fuente Original, y manifestarse a través de él en la densificación física (lo que se conoce como realidad 3D). El ADN en sí es una fractal bioenergética diseñada para posibilitar esa contención álmica.

Para la realización del método energético que proponemos hay que ser un ser almado, que es la base de todo. Aunque existen otras fuentes de energía, nosotros, como parte de ella, empleamos la Fuente Original.

-LA TRAMPA DEL YO SUPERIOR.
Por tanto, hablar del Yo Superior tampoco tendría sentido. Se dice que el Yo Superior es nuestra consciencia superior, nuestra consciencia multidimensional, o nuestra alma superior de la que ha surgido la nuestra, y que para conectarse a la Fuente Original hay que hacerlo a través de él. Por lo que hemos expuesto antes, esto tampoco tendría sentido y suena más bien a trampa y control, pues al conectarte a tu Yo Superior, a algo externo, y además con las diversas técnicas con las que se suele hacer,

probablemente nos estaremos conectando a alguna entidad o energía parasitaria/implantaria.

Además, de este modo se crea más división y fragmentación entre nuestra alma y mente (esta división es parte del sistema de control arcóntico) y estaremos nuevamente cediendo y dando el control a algo externo que ya de por sí estamos considerando superior.

Es parte de la manipulación que se ha hecho de algunas disciplinas que muestran algo de verdad, pero con multitud de back doors (puertas traseras), trampas y manipulaciones.

Para escapar del sistema de control hay que aprender a detectarlas. Y una de las mejores formas es aprender a acceder a la información álmica.

Otra teoría es que al estar en una realidad físico/holográfica, nuestra consciencia esté proyectada en nuestros cuerpos físicos desde nuestros auténticos cuerpos que estarían atrapados en otra realidad o lugar. Y esos serían nuestros Yoes Superiores; pero nosotros les daríamos otro nombre, como consciencia inicial y consciencias reflejo, por ejemplo.

En todo caso, no es necesario nada externo para conectar con la Fuente Original ni hay que considerarla como algo ajeno a alcanzar. Los seres almados somos fractales de ese Origen Primordial.

-SERES SIN ALMA, PORTALES ORGÁNICOS, CLONES, ROBOTS BIOLÓGICOS, ALMAS OSCURAS, ALMAS IMPREGNADAS, HÍBRIDOS. Como es de imaginar, en el omnimultiverso existen multitud de seres de todo tipo y todo tipo de densidades energéticas.

Los seres almados, seres con alma, pueden ocupar diferentes niveles de realidades y tipos de consciencias incluso en varias dimensiones a la vez. La particularidad genética general de la especie humana tiene la capacidad de albergar virtualmente un alma (fractal de la Fuente Original).

Pero no todos los seres humanos son almados (¿se considerarían entonces seres humanos?). Hay multitud de variantes incluso en nuestro planeta. Algunas de las más frecuentes son las siguientes:

PORTAL ORGÁNICO: Se suele denominar así a personas, que aunque en principio de genética humana, sus cuerpos físicos no albergan un alma como tal. Aunque el patrón general de estos individuos es la psicopatía y falta de empatía, pueden sentir ciertas emociones o simulación de estas, incluso ser parasitados energéticamente (poseen cuerpos energéticos), pero su auténtico rango frecuencial es bajo y no comparable a un ser almado.

Suelen ser utilizados por entidades como medios de parasitación y manipulación de terceros, y al carecer de esencia álmica incluso son usados como recipientes físicos por entidades. Normalmente no tienen consciencia de lo que son, buscan el beneficio propio y satisfacer sus deseos y necesidades.

CLONES: Es conocido que hoy en día existe tecnología que a la gente común ni se le pasa por la cabeza su existencia. Se dice que la clonación está muy avanzada (duplicación de ADN) y que se pueden duplicar personas adultas en poco tiempo.

Estos suelen tener una programación o función "básica" específica y como los portales orgánicos, no albergarían alma. Su sistema energético está incompleto y suelen ser utilizados solo por un tiempo determinado.

ROBOTS BIOLÓGICOS: Muy similares a los clones si hablamos de personas con apariencia humana. Vienen a ser lo mismo pero creados con tecnología diferente no necesariamente de duplicación exacta, pero sí imitando rasgos y funciones. Dependiendo de estas son más o menos complejos. Por supuesto sin alma y en muchos casos conectados a una mente colmena.

ALMAS OSCURAS: Existen seres que nacieron portales orgánicos y sus cuerpos físicos fueron ocupados por lo que se ha llamado almas oscuras al ser fractales de la Fuente Oscura (entidades interdimensionales), que en la realidad física que habitamos se traduciría como maldad hecha persona. No son solo seres manipulados o controlados, sino que directamente son lo que entendemos como seres malvados y depredadores. Conocemos de varios rangos y son similares a entidades interdimensionales que ocupan y manipulan cuerpos físicos, muchas veces creados para ello.

ALMAS IMPREGNADAS: Llega un punto donde la parasitación de un humano almado ha sido tan potente y prolongada, que el alma mismo llega a quedar manipulada, implantada y corrupta, llegando incluso a no querer liberarse de esa impregnación parasitaria (aunque esto no es tan fácil que suceda). Una vez descubierto, el alma puede liberarse pues se encuentra así por su consentimiento. Sería el paso previo a lo que se conoce como *posesión*, que nosotros llamamos *inoculación* o *inóculo*. En casos más profundos se puede hablar de *sustitución*.

También pueden estar ligeramente impregnadas sin llegar todavía a un punto excesivo, por presión constante de la oscuridad.

HÍBRIDOS: El ser humano tiene en su ADN parte de genética exógena o alien debido a las manipulaciones que ha ido sufriendo para mantenerlo en el sistema de control arcóntico. Se conoce que los humanos con mayor rango de genética híbrida (alien) y de determinado tipo, son los más fáciles de parasitar/fusionar ya que sirven completamente a las entidades arcónticas y son los empleados por las entidades para que realicen sus rituales de conexión interdimensional y perpetuación de control sobre esta realidad, dando poder y conocimiento exógeno a estas líneas de sangre (noblezas, brujos oscuros, druidas oscuros, etc.).

Existe un programa de hibridación de diferentes generaciones y de infiltración en la sociedad, creando híbridos alien/humano cada vez más similares a los humanos y habiendo hasta colonias donde mujeres suelen ser abducidas frecuentemente y teniendo, según ellas, hijos híbridos con seres "extraterrestres".

Por ejemplo, existe una comunidad donde, según exponen, se encuentran una serie de padres y madres que han tenido hijos con seres alien, teniendo descendencia híbrida (su web es *hybridchildrencommunity.com*, con información e imágenes). Según nuestra opinión, tanto si es cierto como si no, y con respeto a la libertad de cada uno, el nivel de parasitación ahí es extremo. Aunque esto sería diferente (por lo menos en forma) al programa de hibridación y sometimiento global en ciernes.

De momento los híbridos completos, hasta los de última generación con apariencia casi totalmente humana, no tendrían la capacidad de albergar alma.

Existen más tipos de seres (como entidades exógenas camuflados como humanos o *personas* modificadas/mejoradas). Esta pequeña clasificación da una idea de cómo y dónde nos encontramos y el desconocimiento general, dentro de la sociedad común, de ello.

-LA FUENTE OSCURA SINGULAR 1.

Desde nuestra concepción no percibimos que exista una fuente luminosa o buena y una Fuente Oscura o mala (de hecho podría desviar a la dualidad si no se está lo suficientemente preparado; Fuente Oscura o de la oscuridad: término acuñado por Jaconor 73), que deban existir ambas para que haya un equilibrio. Eso sucedería dentro de la matrix de dualidad que parece necesitar fuerzas antagónicas en tensión para mantener la existencia.

Desde nuestra percepción existe la Fuente Original, el auténtico todo, y de ella surgen todas las otras fuentes. A un nivel primordial lo bueno y lo malo como dualidad no existiría, sino el consumo e intercambio de energía. Lo positivo y lo negativo es una interpretación mental de fenómenos y el amor incondicional es algo que surge por sí mismo en los seres elevados, siendo esa elevación cada vez mayor cuanto mayor es la comprensión de la naturaleza de la realidad.

De hecho, lo que llamamos Fuente Oscura es una de las posibles fuentes de frecuencias bajas o densas que surgiría de la Fuente Original. En este caso, se produciría una causa de singularidad gravitacional o cuántica debido a la extrema densidad de esa energía, produciéndose un efecto de ruptura o separación de la Fuente Original y quedando desconectada de esta.

Pero ¿cómo puede desprenderse algo del infinito? Para entendernos, y aunque no sea realmente así, podemos imaginar una tela que es infinitamente larga hacia arriba, infinitamente larga hacia abajo, infinitamente larga hacia la izquierda e infinitamente ancha y profunda.

También es infinitamente larga hacia la derecha, y al ser infinita, por tanto cualquier parte de ella también es infinita pues no se puede dividir, pero llega un punto en el que por acumulación de fuerza y tensión, un trozo de ese lado termina rasgándose y desprendiéndose, formando inmediatamente un nuevo espectro dimensional a raíz de su energía, una o múltiples dimensiones oscuras, desligado y desconectado de la Fuente Original que continua irremediablemente siendo infinita (aunque en inicio pertenecía a ella).

A esta Fuente Oscura la llamamos Fuente Oscura Singular 1. Que a efectos de temporalidad, nunca ha existido y existirá siempre.

Al estar desconectada y no formar parte ya de la Fuente Original, tendería al colapso volviendo a surgir en la Fuente Original despareciendo la singularidad que la creó. Pero surge así el proceso de *parasitación hiperdimensional*: como no puede conectarse directamente a la Fuente Original pues sería asimilada, para no colapsar, la Fuente Oscura Singular 1 es *abastecida* de energía constantemente a través de las deidades, entidades y civilizaciones que surgen a raíz de ella o que se han alineado con ella, con el proceso de parasitación de almas/fractales de la Fuente Original contenidas en avatares físicos o de otro tipo, habitando prisiones/planetas/granja hiperdimensionales, como lo es nuestro planeta.

Estas entidades *oscuras* para entendernos, pero que realmente lo que hacen es consumir y redistribuir energía destilada de la Fuente Original para su beneficio, son los que llamamos arcontes, utilizando la terminología gnóstica. Y ellos son la causa y el fin de todo lo que está sucediendo ahora mismo en este planeta (escribimos desde el planeta Tierra).

Existe también al menos una fuente luminosa de frecuencias altas que se produjo del mismo modo por singularidad, siendo también parasitaria al estar desconectada de la Fuente Original. La llamamos Fuente Luminosa Singular 1.

-LA ILUSIÓN DEL TIEMPO Y DEL ESPACIO.
El alma como fractal de la Fuente Original está fuera del espacio y del tiempo y sin embargo se encuentra virtualmente contenida en nuestro cuerpo físico debido a la particularidad de nuestra genética, que aun habiendo sido manipulada y cercenada en el pasado, mantiene esa capacidad primaria.

Por tanto todas las dimensiones coexistirían a la vez y más que hablar de dimensiones superiores o inferiores, y vislumbrar hacia arriba como si fuese lo superior o sutil, o hacia abajo como lo inferior o denso, más correcto sería hablar de profundidad y expansión, todo en uno, vacío en inmensidad a la vez, infinitamente hacia adentro e infinitamente hacia afuera, pero sin crear dualidad ni espacio.

El tiempo es realmente una ilusión en esta matrix. Muchas dimensiones existen fuera del espacio y del tiempo. Por tanto lo que exista fuera de esta matrix, ha existido, existe y existirá, aunque desapareciese para nosotros, porque nosotros solemos percibir desde una percepción de tiempo lineal que avanza hacia delante.

Esto es por ejemplo, si desde nuestra percepción temporal hiciésemos desaparecer algo en otra dimensión fuera del tiempo, realmente seguiría existiendo para alguien que pudiese reubicarse desde la perspectiva donde todavía existía. Por eso ha existido y existirá siempre, al no estar condicionado por el tiempo.

Es lo que sucede por ejemplo con la Fuente Oscura Singular 1 (o Fuente Oscura a secas, pues en este libro no trataremos sobre otras fuentes oscuras). Si pudiésemos hacerla desaparecer desde nuestra perspectiva temporal, las entidades que estuviesen o pudiesen actuar fuera de esa prisión temporal y que estén alineados con ella y su energía, solo tendrían que reubicarse extradimensionalmente y seguir coexistiendo con ella, pues al estar fuera de nuestro ciclo espacio-temporal existiría eternamente porque realmente la eternidad como concepto temporal no se manifestaría. Realmente nunca habría existido y existirá siempre.

Es complejo y sencillo a la vez. A nuestra mente le cuesta pensar en estos términos pues ha sido totalmente programada y condicionada, manipulada genéticamente e implantada. Pero aun así, haciendo un fuerte esfuerzo y ejercicio de abstracción abandonando viejos patrones, se puede ver y comprender.

Entonces, ¿qué es la eternidad? Parece ser que el tiempo es realmente circular, un eterno ciclo, un eterno retorno. Lo que cambian son los actores y los escenarios, pero el tiempo siempre es el mismo. Los que están dentro de ese ciclo de tiempo tienen la sensación de avanzar por él como en línea recta hacia adelante, por eso se crean lo que llamamos líneas temporales.

Y dependiendo de las acciones, causas e interacciones, se van creando diferentes líneas temporales.

Muchas líneas temporales están ya preescritas o preexisten, pero los diferentes acontecimientos fuera de una determinada línea pueden hacer que esta se bifurque en diferentes posibilidades, como por ejemplo el proceso de liberación de almas, y que estas quedasen liberadas en todas las líneas temporales (o que esta liberación truncase la necesidad de los arcontes de control total en la multidimensionalidad, espacio y tiempo).

Por eso a las entidades arconte mayores perpetradores y usurpadores de la matrix (según Wikipedia matrix es *un ambiente de relación entre cosas y sucesos creado y controlado artificialmente; una importante característica de la matrix es que en ella incluso las personas son consideradas "cosas"*) que están fuera del tiempo, no les afectaría en consecuencia lo que suceda dentro de la línea temporal, pues esta línea estaría ya preestablecida. Solo tendrían que "mirar" o actuar en diferentes puntos de la línea temporal y siempre tendrán su alimento y cosecha energética (su loosh). Como un cochecito de juguete que avanza en un circuito eléctrico eternamente hacia delante, pero realmente está dando vueltas y en cualquier parte del circuito podemos poner un obstáculo, cambiar el escenario o derribar el cochecito.

Igualmente, el espacio como tal sería una ilusión si partimos de la base de que realmente nuestra consciencia se encuentra "atrapada" en un universo holográfico (una matrix) y que habitamos una realidad física/virtual/matrix/demiúrgica. Todo es energía y vibración y todo contiene y está compuesto de energía y vibración. Por tanto la distancia entre individuos no existe ya que todo está contenido en la misma energía pero manifestado de diferente forma y densidad. El auténtico desplazamiento sería energético/interdimensional (cuántico también se dice; pero nos atrevemos a decir que incluso más allá del cuanto).

LOOSH

Loosh es un término acuñado por Robert Monroe, conocido por sus obras y extraordinarias experiencias de viajes fuera del cuerpo, que según algunas definiciones *se aplica a la energía producida por seres humanos y animales que otras entidades utilizan para alimentarse. También se utiliza para referirse a la energía que se produce por el sufrimiento o emoción densa que alimenta a ciertas entidades*.

Ampliando el término, en caso de los humanos, es la energía destilada emocional humana que se produce en diferentes grados de densidad (desde la procedente de la exaltación y alegría hasta la procedente de la depresión y el miedo, por ejemplo). La de "mayor calidad" procede de los seres almados (seres con alma), a los que se someten en los planetas y dimensiones granja/prisión a diferentes tipos de programación y cargas emocionales teniéndolos atrapados en un ciclo continuo de reencarnación constante a base de engaños (aceptados implícitamente) y viviendo realidades y vidas virtuales una y otra vez.

Al ser las almas fractales del Origen Primordial/Fuente Original, es un proceso de destilación de su energía como fuente inagotable de esta. Como los arcontes no pueden *nutrirse* u obtener energía directamente de la Fuente Original (serían asimilados/fulminados), lo hacen indirectamente creando realidades virtuales para contener y crear granjas de consciencias sometidas con almas contenidas en avatares (en caso de los seres humanos avatares físicos, cuerpos) que quedan reducidos así a generadores de loosh. (Hay otros procesos de parasitación directa más traumáticos, pero de momento no los tocaremos).

Este loosh es *cultivado* y *recolectado*, y se utiliza de múltiples formas, desde las entidades más básicas que se alimentan directamente de él (bajas pasiones, emociones densas) hasta el que es recolectado con tecnología etérica exógena (o física y semifísica en algunos casos), hasta el que llega hasta la Fuente Oscura en todo el proceso o ciclo de parasitación (cuando una entidad oscura o alineada con la Fuente Oscura se *alimenta* de esta energía, también está manteniendo la Fuente Oscura, que da su poder y a la vez se nutre de sus criaturas).

El loosh es un *valor industrial o productivo*, se podría decir, que es generado y distribuido como a nivel corporativo (la corporación arconte: Jaconor 73 dixit).

Esta es la causa última de todo lo que está pasando en este planeta, actualmente, y desde hace millones de años. Pero llegó el momento de una vez de ponerle freno.

-LA ILUSIÓN DE DUALIDAD.
Consideramos igualmente que una de las bases para que se sustente la matrix (aunque recordemos que existen muchos niveles de matrixs y submatrixs) es la existencia de dos fuerzas en contraposición constante: bien/mal, luz/oscuridad, ying/yang, dios/diablo, izquierda/derecha, negacionistas/colaboracionistas, élite/pueblo, aliens/humanos, arcontes/seres almados...

Los controladores siempre buscan este conflicto entre dos partes diferenciadas para generar la energía de la que se sustentan y mantener el control sobre ambas partes para que no lleguen a vislumbrar la auténtica naturaleza de la realidad y poder seguir siendo controlados.

Al enfrentarte a algo creas un choque, conflicto y dualidad. La contraposición de fuerzas genera la potenciación de la contraria, que se hace más resistente y fuerte para persistir. La técnica marcial del Aiki enseña que no hay que oponerse al ataque del supuesto enemigo, sino integrarlo, unificarse a su ataque, para controlar su centro y neutralizar su poder.

Por eso una respuesta sería la integración y llegada al núcleo, al origen de la distorsión. Eso es lo que pretendemos con estas informaciones. Vislumbrar el auténtico origen del yugo arconte y no quedarnos solo en pasos intermedios.

El origen infinito de la Fuente Original genera mucho más que simplemente dos fuerzas contrapuestas en tensión, siendo eso una particularidad de la manipulación/implantación de la mente dual que todavía tenemos.

Nosotros consideramos que realmente el bien y el mal no existirían como tales, sino que es una percepción que depende de la interpretación del perceptor, siendo todo interpretaciones mentales de datos y siendo la mente el mayor órgano supeditado al control de la matrix.

A un nivel primordial lo que existiría es quien consume energía y quien es consumido.

-PORTALES DIMENSIONALES. CONEXIÓN ENTRE REALIDADES.

Una de las formas más comunes de paso o conexión entre realidades vibracionales o dimensiones, son los llamados portales dimensionales.

Estos se pueden producir por acumulación energética residual en determinados lugares, por la particularidad de un entorno determinado, o pueden ser abiertos a propósito a través de manipulaciones o cargas energéticas, a través de tecnología, rituales, o con diferentes técnicas.

Normalmente es un punto de entrada o desplazamiento de determinadas entidades etéricas o incluso de seres corpóreos con fisicalidad, dependiendo del tipo de portal o ser.

El mundo y tipología energética es muy compleja; teniendo en cuenta la multitud de los diferentes rangos frecuenciales y niveles extradimensionales, una clasificación del tipo de portales sería, al menos de momento, muy laboriosa.

Parece ser que el cuarzo anaranjado es propicio para el bloqueo de portales e impedir su apertura. Un cuarzo anaranjado sería el citrino, que es una amatista que ha sido expuesta a altas temperaturas, cambiando su color del violeta a amarillo o anaranjado. Otro puede ser el cuarzo tangerina. Pero recordemos la limpieza y desconexión de cualquier material físico antes de usarlo.

LA INVASIÓN EXÓGENA

Siempre se ha dicho que el conocimiento es poder, y el conocimiento da discernimiento. Nosotros decimos consciencia, que es la unión del conocimiento y el discernimiento sin interferencias.

Por tanto el conocimiento básico de la auténtica realidad que habitamos es primordial. Dar el salto de consciencia necesario para iniciar la salida del sistema de control en esta matrix o realidad ficticia, recuperar nuestro auténtico poder y condición; para poder realizar el sistema de sintonización álmica y acceso a la información álmica universal, la de la Fuente Original.

-ARCONTES. LA REALIDAD ALIEN. QUÉ SON Y QUÉ QUIEREN.
Arconte es una palabra procedente del griego que significa "gobernante". Es el nombre que los antiguos gnósticos dieron a las entidades parasitarias que desde tiempo inmemorial han invadido y controlado a los habitantes de la Tierra.

Esta información la obtuvieron a raíz de sus experiencias y estudio, y al conectar con la gran mente cósmica (Jaconor 73 dixit), o con la información álmica/de la Fuente Original, como decimos nosotros. Estamos usando la misma fuente de información y técnicas que está en el conocimiento infinito y que como seres almados podemos recuperar.

DE DÓNDE PROCEDEN

Al crearse la Fuente Oscura singular y perder su conexión con la Fuente Original (que se puede considerar una fuente infinita de energía), tiende al colapso como un agujero negro. Necesita de una fuente de energía alternativa a sí misma para no colapsar definitivamente y volver a resurgir en la Fuente Original.

¿Y cuál es esa fuente de energía? La misma Fuente Original. ¿Y cómo parasitarla y destilar la energía que necesita? Pues a través de sus fractales, almas, conteniéndolas en avatares físicos o de otra forma según la dimensión o realidad que ocupen y creando granjas de cultivo energético.

Surgen así de esta mega entidad de oscuridad todo tipo de entidades desconectadas de la Fuente Original y que necesitan esa energía reciclada para perpetuar su existencia. Las entidades arcónticas o arcontes.

Surgen las *deidades arconte* o mega mentes predadoras, que no solo las encontramos en esta Fuente Oscura, sino que parecen ser propias de muchas fuentes oscuras, parasitarias o no, o de la misma pero en diferentes dimensiones o realidades.

Estas deidades tienen el poder de creación de realidades y son una expresión consciencial de la propia oscuridad surgida de la condensación cuasi infinita de la Fuente Oscura. De ellas surgirían los demiurgos o entidades arcónticas con funciones de interfaz o control sobre las diferentes realidades, pudiendo diseñar y ejecutar líneas temporales o actuar como mega inteligencias artificiales.

Y así van surgiendo multitud de seres con diferentes funciones e incluso lo que podríamos llamar civilizaciones. De estas son conocidas para nosotros los reptiloides, con sus jerarcas y genetistas superiores, los hay de muchos tipos, utilizados por diferentes facciones, pues en la guerra en la que ahora nos encontramos no solo actúan las entidades alineadas con la Fuente Oscura Singular 1.

También insectoides, con sus reinas y colmenas etéricas sobre la Tierra, o los robots biológicos y grises de muchos tipos, otras herramientas semi-biológicas, falsos nórdicos, seres neutrales interdimensionales en avatares alien, etc.

Explicar la multitud de seres es muy complejo y habrá que ir profundizado poco a poco en próximas informaciones.

PARASITACIÓN HIPERDIMENSIONAL

Estas entidades están organizadas en jerarquías o rangos energéticos y se han extendido por el multiomniverso parasitando y creando diferentes realidades dimensionales o matrixs, pactando, engañando, controlando y manipulando a diferentes civilizaciones en este y otros universos físicos de materia o no, pues su rango dimensional es diferente dependiendo del estadio dimensional que ocupen.

Por ejemplo, es muy difícil que accedan a la realidad física o 3D al encontrarse en una especie de dimensión inversa o dimensión oscura, donde se encuentran algunas de ellas y algunas de sus deidades, encontrándose sus deidades y demiurgos en otros rangos dimensionales.

Para poder traspasar a esta realidad necesitan de una gran energía que les permita acceder o influir a mayor grado. Aunque su influencia externa y su presencia etérica es constante. Existen multitud de parásitos energéticos que aunque su origen pueda ser independiente de estos arcontes (larvas astrales, demonios, seres tulpa...), terminan siendo controlados o "trabajando" para ellos en gran medida.

Es por lo que se dice que su sistema es jerárquico y corporativo. Formado mayormente por una mente colmena controlada por megainteligencias artificiales.

Y estos arcontes, o entidades parasitarias arcónticas, crean y usurpan realidades y planetas, creando matrix holográficas demiúrgicas donde controlan el sistema de sociedad, civilización, religioso, etc., haciendo olvidar a sus habitantes su auténtica naturaleza como fractales de la Fuente Original (en su caso) mediante manipulación genética, implantación etérica, programación y manipulación mental, desde antes de nacer biológicamente, durante toda su vida biológica y después de esta.

Crean planetas granja prisión para almas que contienen en avatares físicos, cuerpos, que todavía mantienen su capacidad de albergar virtualmente un alma, una fractal de la Fuente Original, pero que debido a ese sistema de control pocas veces recuperan su auténtica memoria y naturaleza, volviendo una y otra vez a reencarnar para seguir reciclando energía (loosh) para ellos como meras pilas. Mientras nos tienen inmersos en una realidad ilusoria, una realidad virtual física.

Pues este control arconte es el que le explica Don Juan Matus a Carlos Castaneda, el de lo que los chamanes llamaban los voladores, los gnósticos arcontes, algunos filósofos los espíritus del aire y actualmente nos referimos como aliens o consciencias parasitarias exógenas, se viene dando desde que el humano primordial fue usurpado y su genética adulterada, y las entidades arconte diseñaron el sistema de vida sobre la Tierra, su sistema de sociedad, civilización, creencias, dioses y religiones.

-REALIDAD MATRIX HOLOGRÁFICA DEMIÚRGICA.
Este sistema de control lo perpetúan trayendo almas por engaño mayormente o reteniéndolas una vez ahí, en realidades holográficas ilusorias, creando la ilusión de realidad física y manipulando la mente y la percepción para que el humano piense y crea que la auténtica realidad es el nivel vibracional físico que habitamos, cuando esto realmente sería como vivir en un acuario o en una granja de hormigas, sin ver más allá de la barrera o paredes circundantes.

A esta realidad ilusoria la llamamos matrix y es diseñada mayormente (o usurpada) por la inteligencia demiúrgica.

DEMIURGO

El demiurgo, en la filosofía gnóstica, es la entidad que, sin ser necesariamente creadora, es impulsora del universo. En la filosofía idealista de Platón y en la mística de los neoplatónicos es considerado un dios creador del mundo y autor del universo.

Demiurgo significa, literalmente, «maestro, supremo artesano, hacedor».

APUNTES SOBRE EL DEMIURGO

"Sabemos" que hay varios demiurgos y el *clásico* es una expresión de varias consciencias, en el sentido de que el diseño del universo físico que conocemos (llamado 3D) tiene un patrón matemático y fractal, pero estando formado por el rango frecuencial de energía llamado Ki (Kigen para los japoneses: fuente de Ki). La fuente de Ki es una subfuente de la Fuente Original (Origen Primordial) y no emanaría directamente de la Fuente Oscura aunque pueda tratarse de una energía más densa en alguno de sus rangos.

Esta forma de expresarlo y de agrupar es para entendernos, pues muchos rangos frecuenciales estarían contenidos en el mismo espacio extradimensional y según el acceso de una parte del espectro dimensional a otra, de una dimensión a otra, ya estaríamos tratando por ejemplo con Ki o con energía oscura.

Por tanto, si el demiurgo es una macrointeligencia artificial expresión de varias macroconsciencias oscuras (deidades arconte superiores), aunque tenga la capacidad de diseño y creación de realidades, no cuadraba que pudiese crearlas a partir de Ki.

El Ki tiene también varios rangos y es relativamente denso hasta crear la materia (pudiendo tener cierta afinidad frecuencial con la energía densa u oscura; los gnósticos rechazaban la materia). Pero sabemos que el Ki no sienta bien a muchas entidades (aunque otras del astral, tipo larvas, sí se pueden alimentar de él pero desde un ser vivo, Ki de energía vital; el astral es un espacio dimensional cercano al terreno físico pero más sutil. No solemos utilizar esta denominación pues se suele utilizar para todo lo que no sea corpóreo o perceptible con los sentidos más comunes).

Puede haber varias explicaciones para esto:

-El Ki tiene una energía tan densa que tiene afinidad vibracional con la Fuente Oscura y tienen la capacidad de su manipulación y control. Por eso les es en cierta manera relativamente fácil acceder y manipular esta realidad.

-Este diseño de realidad esta prediseñado y fue usurpado y variado según patrones arcónticos, instaurando la dualidad, el tiempo y el espacio, etc.

-El diseño fue obra demiúrgica pero la creación fue obra de otras deidades primordiales con capacidad de creación de realidades. O sea, hubo colaboración entre demiurgos de diferentes fuentes por asociación, desconocimiento o engaño.

-El demiurgo inicialmente no pertenecía a la Fuente Oscura pero fue impregnado y asimilado perdiendo su macroconsciencia inicial, o fusionando demiurgos oscuros con otros.

Estas son algunas posibilidades.

En el "diseño" original hay muchas "fuentes densas" pertenecientes al Origen Primordial. La que llamamos Fuente Oscura, como ya hemos dicho, es la (o una de ellas) que se desligó del Origen Primordial por una singularidad gravitacional/cuántica. Para no colapsar necesita asimilación constante de energía y la consigue a través de la constante parasitación arcóntica. Pero también por el mismo proceso de singularidad pero al contrario, habría una (al menos) Fuente Singular Luminosa de frecuencias altas que también se desligó del Origen Primordial por singularidad (lo que también explica la existencia se "seres de luz" parasitarios (además de los seres oscuros *disfrazados*; habría que desligar la expresión *de luz* a lo *bueno* o altruista).

Esta también está desligada de la Fuente Original y necesita asimilar energía constantemente para no explosionar mantenida por las macroconsciencias ligadas a ella que surgieron ante su existencia (igual que la Fuente Oscura).

Las macroconsciencias de esta fuente luminosa obran de forma diferente pero también son *parasitarias*. Sus *deidades* o seres asimilados a su Fuente también presentan forma como de calamares gigantes luminosos o de tronco circular con techo y base de estrella con muchas puntas girando.

Entonces, una de sus formas de conseguir energía es *parasitar* a la Fuente Oscura, teniendo la capacidad de modificar la densidad de la energía que obtienen y convertirla en alta para su consumo (transmutación de loosh).

Para que la Fuente Oscura pueda seguir produciendo energía a través de la parasitación arconte (y a su vez los arcontes puedan seguir conectados a su Fuente Oscura: las megaconsciencias predadoras, deidades arconte, que surgen de esa fuente, la nutren y mantienen y a la vez se nutren de ella y del loosh parasitado; son la expresión consciencial de la Fuente Oscura), crearon un demiurgo con capacidad de diseñar y manipular frecuencias más altas que fue asimilado y controlado por el de la Fuente Oscura en una especie de asociación, o se le dio al demiurgo oscuro la capacidad de manipular más rangos frecuenciales. Esto explicaría también lo de los falsos seres de luz y lo de otras facciones parasitarias que no trabajan para la oscuridad, por decirlo así, sino para sus rangos frecuenciales altos pero parasitarios.

Esto haría replantear sobre lo de los aliados de la luz y los siervos de la oscuridad, enviados de la luz, etc. Yo siempre comento que prefiero decir seres primordiales (provenientes del Origen Primordial/Fuente Original).

Las almas ayudantes, las almas y los que organizan planes en otras dimensiones para infiltrarse en esta realidad y colaborar en la liberación del yugo arconte, serían por ejemplo seres primordiales, (aunque tienen colaboración de otros tipos de seres). Es complejo, siendo una información difícil de acceder. Pero se ve más claro desligándonos de la visión dual (bien/mal, oscuro/luz).

MATRIXS Y SUBMATRIXS

Existen muchos niveles de matrix, dependiendo del nivel de percepción y consciencia del observador.

Estos estarían divididos o compartimentados en diferentes niveles energéticos o de vibración y mentales. Serían como capas de cebolla superpuestas que una vez eres capaz de "ver" o tener consciencia suficiente escapas de un nivel de matrix, pero estarías en el siguiente. Y así pasaríamos de un nivel a otro, de una submatrix a otra, dependiendo del sistema de control en cada una y siendo virtualmente imposible escapar de alguna matrix, pues los niveles de realidad mayormente están contenidos en alguna.

No todas las matrix proceden de la Fuente Oscura o son diseños de demiurgos, pues muchas son usurpadas y otras creadas por otras megaentidades conscientes para vivir y desarrollar su existencia. Incluso nosotros creamos nuestras propias dimensiones mentales, durante el sueño por ejemplo, que atenderían al concepto de matrix.

La forma de escapar completamente del sistema de nivel matrix es escapar del tiempo y el espacio, ser uno con la Fuente Original.

El tema está en ser nosotros esas inteligencias conscientes que creen su realidad para desarrollar su existencia a voluntad y de forma elevada.

-MATRIX PARA ALMAS. EL SISTEMA DE CONTROL PARA ALMAS.
En este planeta y realidad hay un sistema de control establecido para que no podamos escapar de él y reencarnemos una y otra vez en cuerpos físicos con el consiguiente borrado de memoria.

Tras la muerte biológica, como normalmente vivimos en disociación con nuestro cuerpo mental, espíritu y alma, estos tienden a separarse en diferentes planos energéticos. El cuerpo mental y espíritu (aunque no nos gustan mucho estas clasificaciones porque tenemos tendencia a unificar, lo expresamos así para entendernos), según el tipo de existencia física que hayamos tenido, dependencia y arraigo, crean una suerte de cáscara astral según la construcción de nuestro campo mental que arrastraría al resto de cuerpos energéticos desligados ya del alma. Según la dependencia terrenal que se tenga, tenderán a quedarse en un determinado espacio físico o espacio temporal repitiendo en bucle una escena de su existencia anterior, o buscando a quien acoplarse para alimentarse energéticamente de los vicios o tipo de energía que tenía en la vida física, u otro tipo de situaciones que daría para otro tratado. Son los llamados desencarnados, espectros, fantasmas... Preferimos llamarlos cáscaras o crisálidas astrales.

Pero el alma, fractal primordial, en esa línea temporal concreta pues puede estar ocupando varias, es retenida "contra su voluntad o por engaño", manteniendo todavía el borrado de memoria de la encarnación física y sus recuerdos anteriores a la muerte, por las entidades arcónticas en lo que la new age ha llamado el tribunal kármico (pero estos le dan un sentido como si fuesen maestros que nos juzgan y orientan para nuestro bien), por ejemplo.

Podrían aparecerse ante nosotros como "seres de luz" que nos harán sentir en paz y reconfortados, tomando la forma de algún familiar o ser querido que manifestará que viene a ayudarnos en el tránsito. Pueden tomar también la forma de alguien que respetemos, algún dios que adoremos, algún sabio o maestro, etc. Nos dirán que sigamos el famoso túnel de luz con ellos, o nos dirán, haciéndonos sentir culpa, que reencarnemos para redimir las faltas cometidas, o terminar nuestra labor de aprendizaje, o cualquier otra cosa dependiendo de nuestra cultura, educación, religión, adoctrinamiento, etc.

Pero realmente son las entidades arcónticas del sistema de control de almas realizando su función de captura, control y reentrada de almas en el planeta granja prisión. Además, existen barreras interdimensionales controladas y vigiladas por ellos además de la barrera electromagnética y etérica que envuelve el planeta que hace que no se pueda escapar de él ni físicamente ni a otro nivel (aunque difícil, pero sí se puede).

El caso es que una vez que caigas en este planeta granja prisión no puedas escapar de él y reencarnes una y otra vez para seguir produciendo sin parar el loosh. Con el borrado de memoria, implantación etérica, programación mental, desasociación de cuerpos energéticos y todo lo que conlleva esta matrix.

Lo que verdaderamente habría detrás del llamado "tribunal kármico": entidades arcónticas manejando su sistema de control.

COMEDEROS ENERGÉTICOS INTERDIMENSIONALES

Esto es para permanecer en la granja prisión y ser utilizados una y otra vez como emisores de energía destilada, a través de las emociones, la adoración, la exaltación, etc. (loosh), que utilizan y almacenan como un bien preciado.

Crean comedores interdimensionales en lugares físicos con ubicaciones concretas, como iglesias, catedrales, cementerios, grandes supermercados, cárceles, hospitales, etc., o en ubicaciones hiperdimensionales, buscando la energía de adoración, de sufrimiento, de bajas pasiones, de exaltación, de excitación, de estrés, de dependencia, de ansiedad... Como hemos indicado, la energía destilada emocional humana o loosh. Aunque todos los seres vivos (incluso no vivos) podrían producirlo, el más potente es el que procede del alma (como fuente inagotable).

LA TRAMPA EN LA MUERTE

Como hemos mencionado, es conocido que los seres que vienen a ayudarnos en el "tránsito" al morir y el túnel de luz que vemos, por mucha sensación de amor y paz que nos produzca, es todo una manipulación, una trampa para volver al sistema de reciclaje álmico.

Aunque huyamos del famoso túnel de luz y de las entidades disfrazadas o reales que vienen a "recogernos", aunque huyamos del tribunal kármico o de lo que se nos aparezca, caeremos en esta matrix de nuevo o en otra matrix incluso de otra dimensión. Si no nos importa seguir una existencia en otro tipo de matrix, y de hecho muchos tipos de existencia lo serían, no habría problema. El problema vendría si esa dimensión también estuviese fagotizada y parasitada por el dominio arconte y se vuelva a empezar un ciclo de control y reciclaje álmico no deseado.

Otro tema es escapar hacia los sistemas de encuentro o acceso a niveles primordiales donde seres primordiales (que no de luz como se suelen llamar), planean las incursiones y la liberación de planetas y dimensiones.

El *truco* es volver al Origen Primordial/Fuente Original, teniendo claro qué es. Pero recordando que nosotros mismos somos una extensión de la Fuente Original. Realmente no hay que ir a ningún lado, sino más bien es un paso extradimensional, un salto de consciencia infinito. Pero sucederá para quien plante cara y realmente quiera. Una vez desencarnemos, no escuchar y hacer caso a nada ni a nadie: realizar ese salto hacia ningún sitio, incluso penetrando en nosotros mismos como alma.

-LA PARASITACIÓN ARCÓNTICA.
Uno de los secretos para escapar del sistema de control arcóntico es ser conscientes de sus múltiples trampas, manipulaciones e incursiones sobre la realidad. Que prácticamente todo lo que conocemos como nuestro estilo de vida, cultura, rango de emociones, religión, creencias, hasta el planeta y esta realidad, ha sido diseñado por ellos para mantenernos en el sistema de control y granja para almas.

Hablar de su infinidad de manipulaciones, diseño, expansión y hasta dónde abarcan necesitaría mucho tiempo y entregas, y aun así dejaríamos algo atrás.

DISEÑO SOCIAL

Además del diseño de sociedad, económico, religioso y demás que como ya hemos expuesto está diseñado por la mente predadora arcóntica para establecer una mente colmena sumisa, generadora de energía reciclada para su almacenamiento, consumo, y demás explotación del ser humano y de este planeta, existen muchos tipos de interferencias, distorsiones, incursiones, manipulaciones, programaciones e implantaciones, multitud de intromisiones, estorbos mentales y energéticos para seguir manteniéndonos en el sistema de control, seguir generando la energía que necesitan como surtidores, o para desviarnos de una evolución consciente escapando así de su sistema de control (que tiene muchas capas y subcapas, dentro de la matrix y submatrixs).

DUALIDAD

Uno de estos grandes desvíos es la ilusión de la dualidad, que nos procura alejar de la consciencia multidimensional plena. Aunque la mecánica de esta realidad funciona mayormente por la contraposición de fuerzas contrarias, tensión-distensión, absorción-propulsión, etc. La clave estaría en unificarlo e integrarlo todo en un flujo infinito.

No ver dos fuerzas contrapuestas, sino un flujo infinito donde una parte de la polaridad se extendería infinitamente hacia una lado y la otra hacia el otro, pero de forma que todas las polaridades estarían juntas expandiéndose a la vez en ambos sentidos (y en todos, en este caso de forma toroidal desde un núcleo o hara), por tanto no hay contraposición ni choque de fuerzas, se desharía el conflicto incluso antes de aparecer (en budo esto se llama aiKi o kimusubi).

CIRCO DISTÓPICO

En todo el *circo* que vivimos y que vendrá, siempre intentarán definir dos bandos: iglesia contra satánicos, ángeles contra demonios (en estos dos casos en concreto todos trabajan para entidades arcónticas), o colaboracionistas contra negacionistas, derecha contra izquierda, élite contra el pueblo, extraterrestres malos contra federación galáctica, buenos contra malos... Mezclando información auténtica con manipulada o sesgada, o dándole la vuelta.

Todo es parte del mismo juego de dualidad que al contraponerse dos fuerzas en un conflicto constante, genera la energía que es recolectada para los que realmente controlan y van moviendo peones.

Mientras sigamos cayendo una y otra vez en estos juegos macabros y dependiendo constantemente de una supuesta ayuda mesiánica, seguiremos indefinidamente el sistema de control.

El humano ha de liberarse por sí mismo despertando su consciencia y auténticas capacidades, recordando la auténtica naturaleza como fractales infinitas en avatares físicos, su realidad hiperdimensional, y que nuestras cadenas realmente son "voluntarias" al negarnos a ampliar nuestra percepción.

INTERFERENCIAS

Algunas de las intromisiones más comunes del día a día son las dirigidas al terreno mental y emocional. Intentarán acceder a través del sistema emocional, provocando reacciones desmedidas o que no podamos controlar, o momentáneas pero potentes punzadas o golpes, que nos dejarán maltrechos o nos distorsionará la vibración.

Utilizan el miedo, la frustración, la rabia, desesperación, ansiedad, el apego, necesidad, el ego y hasta el amor o afecto, siendo muchas veces lo que normalmente entendemos por amor, una exaltación el ego o de dependencia. Una de las tretas más usadas es la culpa, creando una sensación de angustia y carga que querremos evitar o pagar por ello.

RESPUESTA EMOCIONAL

Toda la vorágine emocional que baja las defensas energéticas para las inoculaciones, implantaciones, programaciones y parasitaciones. Distorsionándonos y provocándonos respuestas emocionales insistentes, se debilita el campo natural energético creando aperturas constantes y así les es muy fácil realizar sus injerencias.

Es común también el utilizar a otros mentalmente más débiles o que simplemente han podido caer en la manipulación aunque sea momentáneamente, para provocar un efecto o reacción en nosotros. A veces no son ni conscientes de lo que han dicho o de su descontrol temporal, y otras, están inmersos totalmente en esa toxicidad mental, siendo utilizados fácilmente.

PRÁCTICAS ESPIRITUALES Y CONTRATOS ENERGÉTICOS

Ya hemos advertido sobre el peligro en diversas prácticas espirituales, meditaciones guiadas o grupales, new age, etc. Así como las canalizaciones, contactismo o comunicación con entidades. Ser un canal de algo, es como ser articulado por algo o incluso ser su posesión. Cedernos a él. En el momento que cedamos nuestro control o poder, como sucede en este tipo de prácticas al invocar y dejar *entrar* estas *cosas* en nosotros, habremos caído en su control y manipulación de lleno.

Gran parte del engaño en estos casos, primero, es el aceptar una información de la cual no sabemos su auténtica procedencia como cierta y siendo guiados por ella, nuevamente asumiendo el papel de contratadores de un servicio. Después, muchas veces la información proporcionada es en parte correcta o coherente, pero dejando la back door o trampa para seguir siendo controlados. A veces son muy evidentes, pero otras hay que estar muy fino.

Se crean así, de manera directa o implícita, los pactos o contratos energéticos con estas entidades. Son conexiones o ligaduras energéticas que así habremos creado y promulgado con nuestro *permiso*, de forma que su interferencia, parasitación y control sobre nosotros será mucho mayor (de hecho es que así la estaremos pidiendo).

FALSOS SERES DE LUZ

También el asumir la existencia de seres de luz altruistas, que los hay, pero no como se venden o normalmente creemos.

Puede suceder por ejemplo, que tengamos un accidente peligroso de coche con mal resultado, del que nos salvemos aparentemente por intervención de alguien o algo invisible, milagrosamente. Identificamos a ese ser como un ser de luz o guía que nos acompaña, cuida o ayuda. Puede ser. Pero probablemente, si uno es una persona que tiene un papel a mayor o menor escala para la liberación del sistema de control, este tipo de experiencias pueden animarnos a profundizar e investigar en el mundo espiritual, iniciarnos en diversas prácticas como canalizaciones o sanaciones conectando con entidades, y pensando que estamos en el camino de la luz estemos en todo lo contrario cayendo en esta trampa arcóntica y permaneciendo así controlados, apartados del auténtico propósito y siendo una buena batería de energía para ellos.

De hecho, como hemos mencionado, existiría también una Fuente Luminosa Singular de vibraciones lumínicas, pero desconectada de la Fuente Original, por tanto parasitaria (para no ser reasimilada). Las megaconsciencias mentales procedentes de ella y sus *deidades* proyectadas también crearían sus procesos parasitarios hiperdimensionales para mantenerla y así poder perpetuar su existencia.

El error, muy promulgado por la new age, es que se identifica a lo luminoso con lo positivo, a los seres de luz (de luz literalmente, alta vibración incluso) como los *chicos buenos*. Recordemos los relatos de abducción de Corrado Malanga sobre parasitaciones de seres de luz que llamaba *lux*.

Recordemos también que una de las tretas más usadas por los seres oscuros es *disfrazarse* e imitar la vibración de lo que entenderíamos como un ser luminoso. Con conocimiento es fácilmente detectada esta trampa, máxime si ya sabemos su falsa existencia.

Que un ser esté constituido por *luz* no justifica ni significa que sea *bueno* o *malo*. Recordemos que el alma es Primordial y por tanto podría generar cualquier rango de frecuencia (si no la parasitación arcóntica del alma no tendría sentido, pues no podría generar el nivel bajo de vibración que normalmente necesitan).

NOTA

Casi a la finalización de escribir este libro, hemos redescubierto al investigador y la obra de Corrado Malanga. Aunque lo conocíamos, no lo habíamos estudiado. Nos ha complacido ver cómo su testimonio coincide grandemente con el nuestro, en algunas cosas casi de manera exacta.

ALMAS AYUDANTES

Esto sucede mucho a las almas ayudantes. Son las que han venido *voluntariamente* a esta dimensión a colaborar en la liberación de almas y anulación del sistema de control arconte. Forman parte de un plan maestro (y oculto) de los seres primordiales, que no de luz, de infiltración y sincronización para cumplir una determinada función o misión.

El control arcóntico intenta localizarlos y apartarlos de esa misión simulando sincronicidades o hechos que identificaríamos como señales. Como un alma ayudante tenderá por naturaleza a seguir sus instintos a pesar del borrado de memoria, muchos se acercan y se sienten atraídos al mundo de la espiritualidad y lo parapsicológico para aprender y comprender, a veces de manera irresistible. Como muchas veces no consiguen apartarlos de ese camino, lo que hacen es interferir el camino y ofrecer una información distorsionada mezclada con cosas ciertas, haciéndolas caer en otro proceso de parasitación más complejo e incluso difícil de escapar.

El alma ayudante debería tender a la sencillez, a su esencia primordial. Pero para esto hace falta un amplio trabajo y disciplina para la mayoría. Pero una vez conseguido es evidente. Lo importante es no desfallecer y darse cuenta progresivamente de la vorágine de engaños que rodea todo para hacernos aceptar lo falso como real voluntariamente (incluso de esta información que estamos dando, acepte usted lo que tenga que aceptar).

Esto no quiere decir que no existan seres o entidades neutrales o no hostiles que puedan estar intentando ayudarnos e incluso guiarnos, colaboradores con los seres primordiales. Pero hay que tener en cuenta que si estos seres se identifican como seres de luz, guías o maestros, es como que están dando por hecho que necesitamos esos guías y maestros obviando nuestra consciencia álmica como parte de la Fuente Original y potenciando la programación mental de indefensión. Alguien que nos guíe sin el cual estamos perdidos, y al aceptar esta condición estamos cediendo nuestro poder y hegemonía de nuevo a algo ajeno que realmente desconocemos. Un nuevo contrato o pacto energético en el que somos la parte que cede o necesita y donde quedamos supeditados.

EVADIENDO LA PROGRAMACIÓN DE SERVILISMO

Por supuesto hay quien dirá que esto es soberbia, egocentrismo o pesimismo. Que cómo vamos a estar nosotros a la altura de un dios que es nuestra guía y luz (como en la programación de las religiones, por ejemplo). Pero bien analizado es todo lo contrario. Una de las mayores manipulaciones que hemos sufrido es esa dependencia, servilismo y necesidad de pedir y que nos "concedan" por parte de algo superior, considerándonos simples, mediocres y *pecadores*. Que alguien superior y poderoso debe perdonarnos y solo con él y a través de él alcanzaremos la luz. Siempre a través de algo, no por nosotros mismos. Craso error.

EL CONTRATO ENERGÉTICO DE LA ORACIÓN Y CESIÓN DE PODER

Es lo mismo que sucede cuando rezamos u oramos, si se está pidiendo, pidamos a quien pidamos. Al pedir, tomamos el papel de contratador sobre un contratista de un bien o gracia que queremos se nos conceda, volviendo a caer en la trampa, sin saber qué tipo de energía, entidad o ser se otorgará como tal. La respuesta para evitar esto es el decretar, no pedir, desde nuestra propia energía y consciencia álmica.

Una programación perniciosa e implantada que se ha ido reinstaurando por siglos y que cuando se contradice se nos acusa de soberbios, pecadores, indolentes y que por cosas así cayeron hasta civilizaciones (nuevamente programación del tipo religiosa o de falsa espiritualidad). Más bien cayeron por enfrentarse o querer escapar del control arconte, o por ceder totalmente a su control cayendo en la oscuridad y degradación total.

HUMILDAD NO ES SERVILISMO

Por supuesto hay que estar abierto a aprender de todos y de todo, de nuestro lugar como una especie más en el omnimultiverso. Pero como fractales de la Fuente Original podemos ser de esta especie o de cualquier otra con las características apropiadas, una vez escapemos del sistema de control y matrix para almas, y volvamos a reencarnar en este u otro nivel vibracional.

La programación de servilismo y de que siempre alguien nos dirija y haga todo por nosotros, poniendo la excusa de que si no pedimos ayuda es por soberbia o ego, es una trampa más para que no busquemos en nosotros y encontremos nuestro gran poder.

La ayuda se puede pedir a alguien a quien conozcamos y confiemos de forma que no establezcamos un contrato, o lo hagamos voluntariamente, dentro de las relaciones de amistad, camaradería y fraternidad, cuando algo nos pueda superar, estén mejor preparados que nosotros o todavía no seamos capaces de controlarlo.

Pero si lo hacemos constantemente y por sistema invocando a algo o alguien, por comodidad y por no salir de nuestro círculo de confort, estaremos cayendo en la treta.

SER NUESTROS PROPIOS MAESTROS

Los auténticos maestros son los que te orientan y guían en el autodesarrollo, exponen y hacen ver, enseñan conocimientos y comparten, como iguales, pero dentro del respeto y agradecimiento que nosotros mismo le demos como maestro, si es merecedor de él, y si nosotros somos merecedores del suyo.

Por tanto, para ser enseñados antes tenemos que ser nuestros propios maestros y ser merecedores de nuestro propio conocimiento con esfuerzo y disciplina (las disciplina a la que se refería don Juan Matus al hablarle a Carlos Castaneda sobre la mente predadora y los voladores, y cómo escapar de ellos).

EL TRUCO DE LAS BACK DOORS

Un truco para no caer, o caer lo menos posible, en manipulaciones es partir de la base de que todo a lo que nos enfrentemos o encontremos puede tener una adulteración o trampa. Analizar el cómo, por qué y para qué podría ser, de qué nos apartaría eso o hasta dónde nos llevaría. Y después, darle la vuelta varias veces, porque esa puede ser la trampa, hasta que lo sintamos y se revele lo más cercano al auténtico objetivo o lo realmente sucedido.

Habiendo aprendido a acceder a la información álmica tras un entrenamiento constante de conexión a la Fuente Original como parte de ella, la mente puede a llegar a interpretar estas manipulaciones e incluso percibir su impregnación energética.

Comprendiendo que habitamos en una granja prisión matrix holográfica demiúrgica, nuestra auténtica naturaleza álmica, y el diseño arcóntico de esta realidad, ampliando cada vez más nuestra consciencia escapando de las manipulaciones y trampas, y aprendiendo a vivir conectado constantemente a la Fuente Original como parte de nosotros mismos, cada vez todo será más evidente e iremos saliendo del sistema de control.

NO CAER EN EL MIEDO. NO TIENE SENTIDO

Todo esto sin caer en el miedo, paranoia ni desesperación. Es un proceso paulatino y progresivo, pero que puede ser sin pausa si queremos. Al revés, una vez pasado el desasosiego, miedo y sentimiento de pérdida, soledad y ruptura, cada vez seremos más estables y felices dentro de la ecuanimidad y conocimiento de nosotros mismos.

Es lo que le explica don Juan Matus a Carlos Castaneda cuando le habla de los voladores. Cómo han manipulado y controlado al humano desde siempre y cómo harán lo posible para que no escape de su control y poder seguir alimentándose de él, creando su cultura, medio de vida, creencias, etc.

Manipulando e induciendo sus emociones, reacciones, ideas y ego. Juan Matus explica cómo escapar a este control: siendo consciente de él y teniendo una disciplina constante. Una atención consciente, serena y ecuánime sobre nosotros mismos y sobre el entorno, a todos los niveles.

LA CLAVE: DISCIPLINA

Puede parecer una disciplina agotadora, pero con esfuerzo y convicción se llega a convertir en un sano estilo de vida, para nada pesado, sino que nos hace ser y estar cada vez más conscientes y alerta, pero viviendo en calma y relajación activa, con la mente sosegada pero atenta. Como siempre decimos, la auténtica relajación es una relajación activa, no dejándose ir ni flácida. Nuestra consciencia y energía, nuestro centro, debe estar en todo lo que hagamos.

Sobre esto nos puede servir de ayuda el libro de *Ramiro Calle*, *Meditación y Atención Serena*. Aunque hay cosas que no compartimos con este autor, si al leer este libro tomamos las impurezas mentales a las que se refiere como interferencias arcónticas, se convierte en una especie de manual para no caer en estas manipulaciones y mantener la atención y ecuanimidad. La parte que contiene las meditaciones y prácticas, aunque esté bien conocerlas, consideramos que es mejor obviarlas y realizar los ejercicios de este libro.

Repetimos que es importante no caer en el miedo, paranoia ni obsesión, aunque pueda frustrar mucho el llegar a entender y percibir la realidad de forma diferente, pero entendiendo que cada cual sigue su proceso y camino, y que nuestra plenitud y vibración consciente será contagiosa poco a poco a nuestro entorno, sin presiones ni enfrentamientos.

LA EXPOSICIÓN INICIAL

Hay que tener en cuenta que cuanto más logremos escapar de estas manipulaciones y control, más finas, difíciles de detectar y potentes se volverán. E incluso cuanto mayor sea nuestro propósito mayor presión ejercerán, llegando a veces incluso hasta el acoso.

Existe también tecnología humana y agentes psíquicos que pueden inducir estados depresivos, dudas, sueños, ideas e incluso hacernos escuchar voces. Hay que ser muy crítico y estar siempre protegido.

Por tanto, más esfuerzo, atención, ecuanimidad y relajación activa, o sea, disciplina, nos exigirá. Y mayor será nuestro aumento de consciencia, poder y liberación. Pero es solo un trámite. Que cada cual decida qué camino tomar.

-EL SISTEMA DE CONTROL. LA MENTE COLMENA.
Todo el programa de programación mental, implantación y diseño va encaminado a *aunar* el pensamiento de los individuos para hacerlo tipo rebaño, un pensamiento unificado y dirigido donde lo "correcto" es seguir la norma de comportamiento establecida y si no, puedes ser un paria marginal.

Cuando se crean nuevas corrientes de pensamiento alternativas se infiltran y revierte para poder mantener el control en todos los ámbitos. Pasó por ejemplo con la new age (que se creó para eso), distorsionando totalmente el mundo espiritual y estando parasitado e interferido.

COMPARTIMENTAR LA MENTE

Una de las estrategias y sistemas que utilizan para el control mental es el compartimentar la mente. Es sabido que los programados mk ultra tienen la mente fraccionada, les injertan varias personalidades y hasta entidades para el control mental.

El proceso general en la sociedad es parecido: desde la infancia se van instaurando falsos conocimientos y manipulados para ir creando en la persona un modo de percepción limitado y encajonado, diversos sistemas de creencias, unas superpuestas a las otras, de forma que si logras salir de un sistema de creencias caes en otro, sin poder evadir la programación general. A modo de muñeca rusa matrioska, una dentro de otra (igual que las matrixs).

La mente queda así dividida, implantada desde el inconsciente y controlada.

SEPARACIÓN ENTRE CAMPO MENTAL Y ALMA

Una de las estratagemas más acusadas pero que sin embargo menos llegan a percibirse, es la trampa de la identificación con el ego.

Hay que tomar consciencia de que realmente somos un alma habitando un cuerpo, más que un cuerpo que tiene un alma. Es decir, el alma es la auténtica consciencia y el auténtico ser que somos, siendo el cuerpo algo circunstancial de esta realidad.

Nuestra personalidad, pensamientos, comportamiento, etc., forman parte de lo que podríamos llamar mente, campo mental o ego. El problema es que nos manipulan o nos enseñan a identificarnos plenamente con ese ego o mente, dándole todo el protagonismo y poder de decisión.

Esto no quiere decir que tengamos que renunciar a nuestra mentalidad y personalidad, todo lo contrario. Lo que habría que hacer es incorporar esa información, esa personalidad, ese ego, al alma como parte de su experiencia.

El alma y la mente deberían estar unidas e identificarnos realmente como almas, no ver el alma como algo lejano que ni entendemos. De hecho, cuanto más separado esté el campo mental del alma, más fácil de controlar seremos.

Es por eso que al abandonar el plano físico (morir biológicamente) parte de nuestro campo energético puede quedar como *desencarnado* (cáscara astral). Nuestro campo mental con sus recuerdos y emociones queda retenido por su ego y dependencia como una cáscara astral mientras que como alma abandonamos esta realidad.

Esa disociación será buscada por los controladores. El humano ha de liberarse por sí mismo despertando su consciencia y auténticas capacidades, recordando la auténtica naturaleza como fractales infinitas en avatares físicos, su realidad hiperdimensional, y que nuestras cadenas realmente son "voluntarias" al negarnos a ampliar nuestra percepción.

-ABDUCCIONES FÍSICAS, ABDUCCIONES ETÉRICAS, MENTALES, ENERGÉTICAS.
Uno de los fenómenos más comentados dentro de ciertos sectores es el de la abducción. Se da cuando alguien es raptado físicamente y llevado normalmente a una nave de supuesto origen alien para diversos fines, donde la memoria es borrada para no recordar lo sucedido. Sobre este tema habría mucho que tratar pues se dan

muchas circunstancias e implicaciones, así como sus actores, cooperadores, tipo de seres que los realizan, manipulaciones mentales y energéticas, etc.

Existe mucha bibliografía sobre este tema, más común de lo que creemos. Pero solo lo apuntaremos de momento para tomar nota sobre él como una parte más del sistema de control. Sí añadiremos que una de las operaciones más comunes que realizan es la implantación física y etérica, obtención de material genético y embriones humanos.

ABDUCCIÓN ETÉRICA

Dentro del fenómeno de la abducción, uno muy habitual es el realizarla sobre el cuerpo etérico de la persona. Dependiendo del tipo de intromisión que se pretenda realizar sobre el abducido, puede ser llevado el cuerpo etérico completo, alguna parte del campo mental o del campo energético. Incluso no ser llevado y ser interferidos directamente sobre nosotros dependiendo del estado alterado de consciencia que se tenga.

Esto suele suceder durante el sueño mientras nuestro cuerpo físico permanece en su lugar de descanso, pero también puede suceder en otras circunstancias (intoxicación etílica, drogado, altos niveles de parasitación, invocación voluntaria o contactismo, rituales, etc.).

Durante este proceso lo que suele suceder es la implantación etérica (e incluso física a veces, pues en esos estados el cuerpo físico también refleja el *estrés* padecido con diferentes efectos como arañazos, moratones o heridas), manipulación mental e implantación de ideas y programas, parasitación y drenaje energético, y control sobre el abducido.

También el cuerpo etérico o el astral, es llevado a otros planos o realidades interdimensionales donde parece vivir vidas paralelas o donde se les mete en una simulación para su estudio o compartimentación mental y energética. El control y manipulación arconte va mucho más allá de lo que creemos.

-LA FUSIÓN CON LA DIMENSIÓN OSCURA. EL PROGRAMA DE HIBRIDACIÓN.
Uno de los grandes fines de lo que se está viviendo ahora mismo a nivel planetario buscado por la oscuridad (nos encontramos en mayo de 2021), es la fusión de nuestra dimensión con la dimensión oscura.

Aunque habría infinidad de dimensiones oscuras, esta sería una especie de dimensión antagónica a la dimensión de la fuente de Ki que habitamos físicamente. Es una dimensión controlada por las entidades arcónticas y los seres de la oscuridad de todo tipo, desde consciencias exógenas alienígenas, hasta seres demoníacos u otros que son de difícil descripción.

Podrían materializarse físicamente y moverse entre sus otras dimensiones y esta sin problemas (aunque ahora puedan todavía no es algo normalizado y requiere un gran gasto energético, densos rituales, tecnología, etc.). Su control sobre el planeta sería total y el proceso de liberación habría quedado abortado.

Podría manifestarse de diferentes formas: o como un caos y destrucción total sumiendo el mundo en oscuridad, o como una especie de *mundo feliz*, transhumanizado y cibernético donde se viviría de forma artificial y con la consciencia totalmente mermada y controlada. Depende de la facción o facciones arcónticas que consiguiesen tomar el control.

Lo grave es que esto lo conseguirían solo con el consentimiento y *permiso* de los seres humanos. Por eso todo el sistema de control está diseñado y orientado a que vayamos aceptando de forma voluntaria, a través de engaños, miedo y programación mental, todo lo que está sucediendo, las imposiciones, las limitaciones, las pérdidas de derechos y libertades, el control totalitario, la dependencia cada vez mayor de alguien que nos proteja y dirija, que cuiden de nuestra salud e integridad, que cuiden el planeta ecológicamente, que controlen la natalidad, la educación, la ciencia... Todo porque somos ignorantes, descuidados e irresponsables y ellos tienen que hacerlo por nosotros...

La pretensión sería reducir la población a lo necesario para seguir con su sistema de producción de loosh y generación de nuevos humanos/baterías a diseño, que la humanidad que quede sea estéril, sumisa y totalmente controlada y programada, que no haya posibilidad de autosuficiencia y que las nuevas generaciones crezcan esclavas y totalmente programadas, dentro de la mente colmena, controladas por la inteligencia artificial y separados de su esencia álmica.

Todos estos procesos los están acelerando porque la humanidad se encuentra en un punto de su impulso evolutivo donde muchas almas están *despertando*, gran número de almas serán liberadas y el control arconte sobre esta matrix peligra. Los seres infiltrados están llevando a cabo el plan primordial y cada vez son más contundentes generando un empuje imparable.

Además de las continuas disputas de diferentes facciones exógenas (las facciones "humanas" traidoras a la humanidad son sus sirvientes) por el control de la granja, se añade una nueva amenaza para ellos, que podría ser una nueva civilización *superior* que podrían reclamar la granja, cambiar las reglas del juego, que si cuando *lleguen* la granja no está totalmente sometida, podrían perderla.

Para nosotros no es válido el dicho *el enemigo de tu enemigo es tu amigo*. Rechazamos cualquier tipo de sometimiento y control sobre la humanidad. Reclamamos nuestra soberanía a todos los niveles.

EL PROGRAMA DE HIBRIDACIÓN

Como ya hemos comentado, la hibridación y manipulación genética con humanos se lleva dando desde tiempos inmemoriales creando híbridos y mezclas entre diferentes especies con diferentes propósitos. De hecho, la especie humana actual es un batiburrillo de diferentes especies creado a partir del humano primordial (llamado Namlú según algunos textos) y mezclado con diferentes especies autóctonas y exógenas en cierta medida, para declinar su acceso álmico y desarrollo genético total, y convertirlo en una criatura servil y manipulable sin su plena potencialidad desarrollada.

Pero el ser humano ha mantenido su capacidad genética de albergar el alma. Ese es su mayor valor para ellos: poder parasitar a la Fuente Original de la cual están desconectados a través nuestra.

Esa capacidad es la que han ido estudiando y probando una y otra vez creando generaciones de híbridos que se encuentran entre nosotros, pero sin esa capacidad.

El programa de hibridación buscaría el crear un nuevo humano híbrido con ADN alienígena/exógeno que mantuviese la capacidad de contener el alma, que esa alma estuviese dormida y totalmente desconectada del resto del cuerpo y de la mente (atrapada), y que además ese cuerpo pudiese albergar una entidad interdimensional (arcóntica) que controlase mayormente la consciencia del cuerpo (las cuales ya habitan algunos de los híbridos actuales), en contacto con sus deidades, arcontes superiores y mente colmena, que podría alimentarse directamente del alma en el mismo cuerpo. Además esta entidad interdimensional podría ser intercambiable, entrando y saliendo del cuerpo.

Cambiaría el sistema de parasitación a uno más complejo y sofisticado, generando otro tipo de loosh en diferentes rangos frecuenciales. Para mantener el loosh de frecuencia densa, algunos humanos tendrían que padecer y sufrir para poder *pagar* y *alimentar* a las entidades demoníacas del bajo astral. Aunque para densificar el loosh para sus deidades usarían también otros tipos de filtros, de destilación. La parasitación de las deidades luminosas también intervendría.

Caracterización de entidad interdimensional.

CÓMO ACELERARLO

Aunque este proceso se viene dando generacionalmente a través de diferentes medios (chemtrails, contaminación del agua y de la comida, alimentos transgénicos, medicamentos, etc.), se podría acelerar en poco tiempo a través de un tratamiento génico por transgénesis persistente con ADN exógeno. Este tendría el fin de, además de modificar el ADN para la mutación propia y de las siguientes generaciones, modificar el ADN para desconectarnos totalmente del alma, crear esterilidad, debilitar al cuerpo para hacernos propensos a enfermedades y dependientes de otros tratamientos, y una recodificación genética para hacernos más tontos y sumisos: reducir el nivel de resistencia y aumentar el de obediencia.

Esto se podría conseguir inoculando masivamente a la población con un tratamiento experimental con la excusa de inmunizarlos de una enfermedad supuestamente peligrosa (o para otras enfermedades estacionales desviando la atención de la principal).

Todo a través del miedo, la manipulación y el engaño usando medios como la propaganda informativa, manipulación emocional constante, la ingeniería social, la programación neurolingüística, la implantación etérica masiva durante el sueño, la creación de egrégores, continuos rituales y hechizos sobre la población, irradiación de frecuencias electromagnéticas y tantos otros (después mencionaremos la irradiación y proyección constate de ondas electromagnéticas y de diferentes estratos frecuenciales sobre la Tierra, desde diferentes puntos del planeta, naves exteriores y desde la Luna).

TIPOLOGÍA DE SERES Y ENTIDADES EXÓGENAS

Aunque encontramos unos patrones comunes en los parásitos energéticos, entidades parasitarias y entidades arcónticas, existe una multitud de todos ellos que imposibilita su completa catalogación. Y eso solo dentro de lo que conocemos.

Nuestra forma de percibir y asimilar es bastante abstracta y no clasificamos por escalones ni niveles por decirlo así, sino que vemos a cada ser como parte de un todo, y por lo menos dentro de este nivel de matrix, su objetivo o trabajo básico es la "recolección" de energía y el "reparto" entre los diferentes estamentos hasta llegar a las deidades y Fuente Oscura.

Si tuviésemos que clasificar por niveles, por jerarquías, lo haríamos por grados de consciencia, por decirlo así, control y mando sobre el resto, así como forma de parasitación. Aunque esto está muy repartido y responden mayormente a una mente colmena (que es en lo que pretenden convertir a la consciencia humana).

En la parte sobre entidades veremos de forma muy básica una posible catalogación de seres de menos a más dentro del mundo energético.

-LOS CÓMPLICES HUMANOS.
Los arcontes (consciencias parasitarias, predadoras e invasoras exógenas), han necesitado durante toda su usurpación en esta matrix de cómplices encarnados en este nivel de realidad físico/holográfica.

Aunque pueden ocupar y encarnar avatares físicos en esta realidad, esto supone un gasto energético que en este punto temporal sería difícilmente sostenible. Aunque todavía disponen de rituales y grandes centros energéticos de recolección, al estar divididos en facciones esta recolección es más repartida. Tampoco se podrían mostrar públicamente como en la antigüedad. Y depende del tipo de entidad y de avatar que ocupasen.

Algunos han permanecido en el planeta pero la mayoría se encuentran en otro nivel dimensional, siendo el acceso a este físicamente complejo. La mayor parte del acceso y de la parasitación es a través de emanaciones y proyecciones etéricas y de la apertura de portales dimensionales.

Aunque hay capas superpuestas a nivel vibracional que ocupan a un nivel más próximo y el cual no podemos percibir debido a las limitaciones que nos han impuesto y programado.

Por eso crearon linajes de hibridación para crear cepas semi humanas de control. Estos pseudo humanos, debido a su genética y al ser portales orgánicos, o al ser avatares de almas oscuras o entidades interdimensionales, son fácilmente parasitables y están totalmente controlados (líneas de sangre reales, linajes de druidas o sacerdotes, etc.).

También están las familias, círculos de poder, mandatarios, etc., que han pactado con entidades o con sociedades secretas controladas por las entidades, vendiendo su alma si la tenían para ser sirvientes de los arcontes, traicionando a su especie por su supuesto beneficio (y en algunos casos por una tremenda manipulación mental).

Después están los manipulados y programados mk ultras, supuestos artistas, famosos, empresarios y mandatarios a menor escala, que entran a formar parte de estos círculos igualmente, extendiéndose e infiltrándose en todos los niveles de la sociedad.

Lo triste es que pocos saben realmente lo que hay detrás y aunque manipulen y utilicen constantemente a la población, ellos son los realmente manipulados y controlados, cayendo sin saberlo en lo más bajo de su propia pirámide de poder.

BRUJOS Y DRUIDAS OSCUROS, SOCIEDADES Y SECTAS

Los que están por encima podríamos decir y los que controlan el conocimiento, son un grupo de brujos y druidas oscuros que atesoran un conocimiento prohibido y ocultado al resto del planeta.

Aunque se pueda pensar que controlen a las entidades arcónticas, están totalmente controlados por ellas. "Junto a ellos" están entidades de las llamadas jerarcas con una influencia muy directa y pretendido acceso energético a las deidades arconte. También puede haber alguna entidad física/corpórea que ha persistido durante mucho tiempo de forma inmunda (alimentándose de sacrificios humanos).

Difunden su poder oscuro por medios de miles de tentáculos (como sus deidades), a través de las sociedades secretas (y no tan secretas pues muchas son más que conocidas), religiones y sectas. Muchos en las bases de estas sociedades realizan rituales y cultos sin saber realmente en lo que están colaborando. Son utilizados como la gente que va a una iglesia a participar de sus rituales, siendo ignorantes de lo que realmente se está acometiendo.

En los altos grados de estas organizaciones ya tienen un mayor conocimiento del auténtico trasfondo.

La llamada pirámide de poder realmente no la percibimos como una pirámide, sino más bien como una cadena entrelazada con múltiples cadenas muy extendidas y nuevamente entrelazadas.

La pirámide para nosotros realmente estaría invertida ya que los humanos somos los que realmente tenemos poder y estaríamos por encima. De lo contrario no nos necesitarían tanto ni harían tanto esfuerzo para mantener el sistema de control.

La situación mundial actual solo sigue su plan de control, sometimiento y cumplimiento de sus *agendas*.

Brujos y druidas oscuros.

-LOS AUTÉNTICOS SERES DE LUZ. ALMAS AYUDANTES E INFILTRADAS.

Pero estas agendas serían fácilmente abortables simplemente si la humanidad se hiciese consciente en masa, ya no solo de todo el nivel multidimensional, sino simplemente del control y programación que hemos padecido, y no siguiese ese control. Se desmoronaría.

Se nos ha vendido que los seres de luz son entidades luminosas que vienen a ayudarnos, a guiarnos en nuestra evolución y a enseñarnos. Todo esto lo consideramos parte del gran engaño masivo que promueve la programación de servilismo.

Guías, maestros, extraterrestres positivos, dioses, señores del karma, ángeles, arcángeles, potestades, seres queridos desencarnados, ánimas benditas, médicos del cielo, señores de los registros akáshicos, policías del astral, seres intraterrenos de luz... Toda esta vorágine de seres benefactores que se nos venden como guías y salvadores, realmente son "disfraces" que perpetúan nuestra condición ficticia de inferioridad y necesidad de que se nos guíe y proteja. Justo la excusa que utilizan los controladores: todo lo hacen por nuestro bien y protección. Alguien entrenado puede ver lo que hay realmente detrás de todos estos. Y si realmente alguno fuese positivo a nosotros y no interesado, no debemos depender de ellos.

Existen seres empáticos y compasivos de energía y consciencia elevada alineados con la Fuente Original y el todo. Estos sí ayudan puntualmente al ser parte de nosotros mismos como fractales de la Fuente Original. Existen las fractales/almas infiltradas que encarnan para ayudar a liberar al resto de la granja/prisión sacrificándose porque puede que ya no puedan volver a salir o les costará mucho esfuerzo. Hay casos de almas que ya llevan millones de años del tiempo lineal en esta tarea y siguen una y otra vez. Los podemos llamar seres primordiales, procedentes del Origen Primordial (no de una dualidad luz/oscuridad).

También existen seres neutrales no hostiles que en un momento determinado también pueden colaborar en la liberación. Y otros neutrales pero interesados, que buscan explotar algún recurso a cambio. Pero la especie humana sobre el planeta Tierra, si quiere seguir como esta especie, tiene que despabilar vaya a ser que los den por perdidos y esta granja se deje a su suerte. Existen muchos más mundos que atender.

LIBRE ALBEDRÍO

Si no tuviésemos esa capacidad de salir del sistema de control y de deshacerlo, no necesitarían un envenenamiento constante y persistente de la mente y del cuerpo creando una programación mental y energética, capas y capas de submatrixs.

Pero la verdad está siempre a la vista y solo hay que mirar hacia ella para que se haga evidente. Siempre tenemos libertad de elección.

Los controladores dan pistas constantemente sobre la realidad en todas partes. En el mundo del entretenimiento (películas, series, algunos comics...) es muy evidente. Esto siempre se dice que es programación predictiva, primado negativo, etc., y que dan pistas evidentes para respetar el libre albedrío y no caer en el implacable karma. (Hay quien dice que no se nos puede dañar porque lo pagarían con el karma. Pero esto es como si alguien nos atropella con un camión a propósito: podemos pensar que nadie puede dañarnos porque lo *pagará* con el karma, pero el camión ya nos ha atropellado, lo paguen o no. Terminarán pagando de alguna manera, pero siempre hay que ser activo).

Personalmente, pensamos que sí existe el libre albedrío, pero no vemos claro la existencia del karma. Una consciencia elevada está en sintonía con las frecuencias elevadas de la Fuente Original y esto le hace respetar, por lo elevado de sus consciencia, el libre albedrío de los seres no concibiendo el imponer su voluntad a los demás.

Si no se respeta esto puede ser por falta de sintonía o elevación espiritual (por llamarlo así) y se tendería a resintonizar con una frecuencia energética más densa. Si se sigue así, se puede llegar hasta un término más oscuro y hasta alinearse con la Fuente Oscura.

Pero, si estos controladores ya están alineados con la Fuente Oscura ¿por qué respetan el libre albedrío? Se dice que hay unas leyes cósmicas y que si no las respetan serían castigados por ellas. Puede ser. Pero si hay unas leyes, ya hay una imposición y alguien que las impone. En nuestra opinión la multirrealidad seguiría su tendencia natural y las tendencias naturales no serían leyes sino expresiones de la Fuente Original en todas las realidades. (Por eso tampoco vemos correctas las leyes herméticas recogidas en el Kibalión, que mayormente expresan una dualidad en diferentes formas describiendo esta matrix. Además fue un libro escrito y manipulado por metafísicos adaptando otros textos. En estos términos habría que fiscalizar también las llamadas leyes espirituales).

Por tanto, los controladores realmente respetarían en cierta manera el libre albedrío porque lo que hacen es crear una disociación continua entre la mente, el cuerpo y el alma. Aunque haya manipulaciones genéticas, control social y mental a todos los niveles, los *controlados* tienen que dar en última instancia su "permiso" y aceptar sus reglas y normas voluntariamente para que el alma no se revele totalmente. Con todas las almas reveladas no podrían y escaparían en masa de esta matrix/prisión incluso acabando con ellos. También es una forma de dar tu energía y sumisión voluntariamente. Pero para ser voluntario tiene que existir la opción de no aceptarlo. Podrían decir algo como: *les estamos dando las opciones y las soluciones claramente, pero no lo ven o no quieren.*

Recordemos las antiguas guerras del pasado contra los controladores y cómo tuvieron que recurrir a los reseteos planetarios totales para reiniciar y volver a diseñar nuevas agendas y líneas temporales. Si tuviesen que recurrir de nuevo a un reseteo planetario acabando con gran parte de la población, no podrían retener a muchas almas que se escaparían de esta matrix aunque fuesen a otras, su granja se vería muy mermada teniendo bastantes problemas y habría gran número de almas ayudantes más conscientes y poderosas cada vez que volverían para liberar al resto.

Pero la solución para escapar no es ni mucho menos el morir *voluntariamente* para huir de la matrix. Eso nos lanzaría a dimensiones oscuras peores que esta matrix. Apuntamos que a pesar de estar en una matrix y realidad holográfica, esta realidad aporta experiencias y cosas muy buenas que podemos y hasta debemos disfrutar, vivir en sintonía en la auténtica felicidad que es el conocimiento de nuestra auténtica naturaleza, en armonía con nosotros mismos, la naturaleza y los demás. Existen otras matrixs, planetas granja prisión, líneas temporales y Tierras etéricas superpuestas donde la vida es mucho más dura y están en peores condiciones que nosotros (aunque también las hay donde están mejor).

EL NIVEL VIBRACIONAL

-¿SUBIR LA VIBRACIÓN?
Cuando nos referimos en algunas exposiciones a que la clave básica no es subir el nivel vibracional, nos referimos a que la clave para poder actuar gradualmente a niveles de diferentes frecuencias interdimensionales y estar protegidos, no es el tener una vibración alta y positiva (aunque esto sea necesario), sino estar en sintonía con la Fuente Primordial siendo consciente de lo que es y el papel que tenemos con respecto a ella.

El tener una buena vibración armónica, actitud positiva, buena vibra con la gente y no dejarnos llevar por tendencias negativas, es necesario a nivel de cuerpo físico y sus diferentes cuerpos energéticos ubicados dentro de esta matrix y de la realidad 3D en la que coexistimos. Así tendremos una mayor calidad de vida sin dejarnos llevar por la influencia de frecuencias densas y evitará que se nos peguen a nuestros campos energéticos diferentes parasitillos que se alimenten de esa frecuencia baja o densa de vibración, e incluso de parásitos cada vez mayores.

Desde una visión hiperdimensional el bien y el mal no existirían como tales, por lo menos como lo entendemos normalmente los humanos, ya que cada interpretación depende siempre del perceptor. Aun así, es necesario mantener un nivel de vibración elevado y en sintonía, fuera de la frecuencia del miedo y lo que llamamos emociones densas. Igualmente una emoción exaltada y sin control es igualmente parasitable y distorsionante.

Para nosotros la clave es la ecuanimidad, la conexión y consciencia constante de nuestro propio ser como parte de la Fuente Original.

Ese entendimiento y elevación natural hará que nuestra vibración sea elevada por sí misma, no de forma artificial e interesada. Aunque esto requiere lo que llamamos disciplina constante.

-DESCONEXIÓN ENERGÉTICA DE LA MATRIX.
Durante un tiempo decidimos que queríamos estar lo menos posible conectados a esta matrix y cerramos los chakras principales del cuerpo (los siete chakras principales) para aislarnos y autoabastecernos con energía de la fuente interna. Pero nos dimos cuenta que nuestro cuerpo está hecho con substancia de esta matrix o realidad, y por tanto necesita alimentarse con energías de este nivel vibracional, como es el Ki, que tiene su propia fuente y a la vez pertenece a la Fuente Primordial. El cuerpo necesita el Ki para vivir y mantenerse sano y hay que mantener el Ki elevado recorriendo el cuerpo.

Pero esto siendo conscientes de lo que es y regulado por la conexión constante a la Fuente Original, filtrando y depurando el nivel de frecuencia o algún posible parasitaje. Para ello, la conexión con la Fuente Original la ubicamos físicamente en el pecho para tener una referencia y la conexión con el Kigen, fuente de Ki, la ubicamos en el hara (tan dien), en el bajo vientre, centro energético del cuerpo. Se puede mantener un equilibrio y regulación entre ellos, pero siempre con consciencia del alma, o sea, de nosotros.

-CONEXIÓN/SER LA FUENTE ORIGINAL. LA ESPIRITUALIDAD REAL.
El caso es que cuanto más consciente se es de la conexión real con la Fuente Original (conexión es igual a ser), más se eleva el nivel

vibracional en todos los planos y se tiende a llevar una vida espiritual más plena. Una vida espiritual no es lo que normalmente se entiende como tal (el mundo espiritual *flower power* que nos han vendido), sino ser y tener una mayor consciencia de la realidad y sentirse realmente parte del todo, aumentando así curiosamente el nivel de empatía con los demás seres y el sentido con la naturaleza. Lo que se llama amor incondicional real.

Esto nos lleva a tener una mejor salud, tendiendo a buscar cada vez alimentos más naturales, cuidar el cuerpo y la mente con deporte y ejercicio con implicación energética, conexión a tierra y discernir el aquí y ahora (pero sabiendo que también está el antes y el después en esta ilusión de matrix), terapias naturales y medicina naturalista con sanación y control de las emociones. Todo esto sin caer nuevamente en las trampas de lo extremo o el "fanatismo". Se tiende a la tranquilidad, paz y sencillez, pero sin embargo cada vez hay más consciencia y conocimiento real.

LA TRAMPA EMOCIONAL

Hay que entender que las emociones son una densificación energética de esta realidad. Eso no quiere decir que sean buenas o malas, beneficiosas o dañinas. Todo depende su gestión y de que no nos dominen, sino que seamos capaces de gestionarlas y nosotros las dominemos a ellas. Uno de los trabajos más difíciles, una de las puertas traseras y trampas que las entidades parasitarias utilizan para someternos a un cierto control y para debilitar el campo energético para poder implantarnos. Somos dignos de las emociones y forman parte del ser humano. Pero como siempre, hay que saber lo que son y lo que pueden conllevar.

Por esto, una vibración alta entendida como emoción exaltada, excesivamente o falsamente feliz, forzada, ávida de amor, buen rollo y falsamente positiva, al igual que una vibración baja, densa, deprimida, viciosa, negativa, ambos tipos, son alimento de las entidades parasitarias. De hecho hay una facción que prefiere la energía de alta vibración a la de baja y pareciese que quieren cambiar la forma de energética de parasitar. El punto más correcto puede ser la ecuanimidad. La alta vibración realmente, repetimos, es la consciencia y conexión a la Fuente Original, entendiendo conexión como/con la consciencia de nosotros mismos y de la que sería la auténtica realidad como parte del auténtico todo (del auténtico TODO, no solo de este universo).

EL DESPERTAR ENERGÉTICO

Se habla de la lluvia de fotones del Sol Central de la galaxia que estamos recibiendo sobre este planeta debido al ciclo cósmico que atravesamos. Que quieren bloquearlo porque eso está ayudando al despertar masivo: esa energía poseé una frecuencia que está ayudando a desbloquear los mecanismos de limitación y ocultación que nos han inoculado sobre la realidad y podemos acceder a un mayor conocimiento álmico, promulgando y llevando a un mayor despertar. Cosa que querrían evitar a toda costa. Seamos lo más lúcidos posible sobre los procesos y cada vez será más fácil transcender la matrix. El auténtico despertar del humano será cuando se produzca su despertar energético y tenga acceso pleno a las facultades de su alma. El desbloqueo de su ADN, de su mente y el aumento total de su consciencia (el discernimiento hiperdimensional). Podemos volver a ser lo que fuimos e incluso llegar a ser una versión mejorada a pesar de todas las manipulaciones que hemos sufrido. Depende de la disciplina de cada uno.

EL HUMANO PRIMORDIAL

-EL ORIGEN HUMANO.

Cuenta la *historia* que el ser humano original era muy grande y potente físicamente. Que poseía toda la sabiduría y conocimiento: el secreto de la genética, la creación de vida y materia. Eran guardianes y creadores de vida, conocían la realidad del cosmos y de la multidimensionalidad, teniendo largas y extensas vidas biológicas. Podían viajar entre dimensiones, teletransportarse, comunicarse por telepatía y mover objetos energéticamente; estaban conectados al todo y no sufrían el engaño de la dualidad.

Eran fractales de la Fuente Original con avatares físicos creados para habitar una porción de realidad vibracional creada para experimentar vida física.

Este humano primordial es lo que podríamos llamar los dioses originales, hasta que este concepto fue nuevamente adulterado y se quiso insertar la programación contraria, convirtiendo al humano en servil adorador de otros y el término dios como algo a lo que adorar y ofrecer sumisión.

Ese humano primordial es lo que originariamente éramos: fractales de la Fuente Original en avatares físicos con conocimiento y consciencia de sí mismos, con plenitud.

-LA REVERSIÓN POR LA INVASIÓN EXÓGENA.

Hubo un momento en el pasado temporal donde los humanos originales abandonaron esta realidad ante la invasión de los predadores provenientes de otras dimensiones. A todo se le dio la vuelta y muchos quedaron atrapados por engaño, siguiendo siendo reciclados una y otra vez, modificados genéticamente, utilizados.

Es este lugar donde habitamos, ya sea creado por nosotros, encontrado, o creado por otros como granja, inicialmente un paraíso y vergel de vida (parece ser que más que ahora, que todavía es maravilloso), el que se convirtió en una granja prisión de almas para su continua utilización y cultivo de energía. Su constante parasitación.

Eliminaron todo rasgo de su origen en la mente del humano, implantaron y modificaron su mente con genética reptil y los invasores (arcontes) se atribuyeron la divinidad y creación. Pero quedan unas pocas escrituras que cayeron en el olvido donde se explican parte de estos procesos, lo que pasó y lo que está por venir.

FIN DEL CICLO DE CONTROL

Ha llegado el fin del ciclo, como se describe en esas escrituras, y esta mentira se está haciendo insostenible. Esta granja está siendo disputada por muchas facciones enfrentadas y las agendas de los humanos traidores y serviles se aceleran. Porque el inicio de un nuevo ciclo es inminente y el despertar de la consciencia masiva hará que pierdan toda posesión sobre esta realidad. Solo les queda intentar implantar la sumisión absoluta, la fusión con la dimensión oscura.

Y las manipulaciones se vuelven más sutiles. Hay un despertar masivo, pero ¿cómo sofocar ese despertar? Nuevamente, adulterándolo.

¿Quién se podría considerar despierto o que ha despertado? ¿Quién tenga experiencias psíquicas y percepción? ¿Quién vea que estamos en una matrix y todo es un engaño? Esto es obvio. Pero el creerse despierto tiene un alto riesgo, pues no es lo mismo creerlo que estarlo, pasando a ser una nueva manifestación del ego, por tanto una emanación mental, y por tanto influenciable por el implante mental reptil que todos tenemos en la mente insertado genéticamente en el cerebro en ancestrales manipulaciones.

EL PROCESO DEL DESPERTAR

Cada uno tiene su propio proceso y libertad de elección. Podemos intentar ayudar a los demás, pero solo si aceptan la ayuda. No se puede obligar a despertar a nadie, pues la programación mental, implantación y falta de conocimiento es muy fuerte. Pero tampoco se puede caer en el derrotismo y abandonarlo.

Es como si fuese a caer una bomba en tu pueblo. Lo sabes porque eres capaz de ver más allá y mirar al cielo mientras los demás solo ven la televisión y en esta se dice que no pasa nada, que nuestros líderes nos cuidan. Insistes en que la gente te crea y vea que viene una bomba al pueblo que acabará con todos, y que si nos damos cuenta, con nuestra *capacidad* podemos pararla.

Siguen sin creerte y hasta te atacan (la típica reacción del aun *dormido* y programado). Entonces qué haces ¿abandonas el pueblo y te vas a otro, donde tarde o temprano caerá otra bomba? ¿Los abandonas a su suerte? ¿O intentas que cada vez más gente vea la verdad y con tu capacidad parar la bomba? Si la bomba cae arrasará con todos, despiertos y dormidos.

¿Pero quién está despierto realmente?

EL FALSO PROCESO DE ASCENSIÓN

Se lleva mucho tiempo hablando de tercera, cuarta y quinta dimensión. Nuevo riesgo de desviación del proceso real.

Si entendemos lo que es la Fuente Primordial, que es la suma de todas las frecuencias posibles, ¿por qué creemos que si pasamos o percibimos una quinta dimensión estamos salvados o hemos ascendido?

El proceso de ascensión tiende a estar mal entendido o manipulado. ¿Dónde queremos ascender? ¿A una quinta dimensión? ¿Física, mental y espiritualmente? Si se está conectado, si se es realmente la Fuente Original, no hay que ascender a nada pues se tiene acceso a todas las frecuencias. Y si estamos en quinta, ¿qué pasa con todas las que están por encima? ¿Nos siguen parasitando los de la sexta, séptima y octava? ¿Creemos que por ser frecuencias en teoría más altas los seres o entidades que se muevan por allí son consciencias superiores y hermanas y no nos van a parasitar o utilizar? ¿Es que si estás en quinta no comes animales o plantas?

Pues habrá quien te parasite y quien no. Pero visto de esta forma lo único que hacemos es caer en una trampa mental de ego y si acaso pasar de una matrix a otra, e incluso más fácil de parasitar porque nos abandonamos y abandonamos nuestra disciplina a la falsa sensación de superioridad y transcendencia.

LA CADENA ALIMENTARIA ENERGÉTICA. MATRIXS Y SUBMATRIXS

Incluso las entidades que nos parasitan, supuestamente dicen que de cuarta dimensión, son consumidas o están en otra matrix de otros vibracionalmente "por encima". Puede que ni lo sepan pues solo se guían por la energía mental predadora en su mente colmena. Y sus sirvientes en la Tierra que tanto se burlan y han traicionado a sus congéneres durante generaciones, son los más engañados de todos pues al creer tener la verdad absoluta viven en la más absoluta mentira.

Al contener la Fuente todas las frecuencias, estas se agrupan en diferentes densidades y crean infinidad de subfuentes, como la Fuente Oscura, que es la agrupación de vibraciones bajas y densas que se atraen entre sí realimentándose en la oscuridad cuasi infinita, formando entre otras la dimensión oscura contrapuesta a nuestra dimensión vibracional de avatares físicos que fue creada con la fuente de Ki.

Por tanto, existen infinidad de frecuencias e infinidad de posibles seres que las habitan o se mueven por ellas. A estos niveles de entendimiento, abandonemos el concepto de bueno o malo, pues a un nivel primigenio todo se limitaría al intercambio y consumo de energía (y a otros procesos que difícilmente podemos comprender, al menos todavía).

Todo pasa por entender, ser consciente y volver a la Fuente Original, a la verdad. No queremos que suene a verborrea mística o metafísica. Nos gusta lo práctico y lo sencillo pero con profundo contenido conceptual. Pero aquí queda expresado de esta manera, que es la que manejamos. Otros ya lo harán de forma científica y con datos empíricos, pues al final la verdad siempre ve la luz.

Todo ser humano en este planeta, aunque no lo sepa, está implicado. Ahora.

-EL REENCUENTRO CON NOSOTROS MISMOS.

La conexión con la Fuente hará que el humano vuelva a ser lo que en inicio fue, como se creó a sí mismo. Pues incluso si genéticamente fue creado por seres distintos, realmente no importa porque estos en principio serían almados, con alma, conectados a la Fuente, y por tanto serían almas como nosotros que crearon avatares físicos nuevos para vivir diferentes realidades. También puede ser que el conocimiento del humano original fuese usurpado y a raíz de él crearon otros avatares humanos como recipientes y prisiones para almas, añadiendo la mente reptil o cuerpo mental manipulado, que es la que posibilita la programación mental, engaño, inserción de mentalidad de víctima, servilismo y toda la programación, manipulación y engaño que el humano ha ido sufriendo desde entonces. Estamos en el fin de un ciclo e inicio de otro donde las almas van a poder librarse de esa atadura definitivamente, volver a su origen como humanos primordiales y ver la realidad obteniendo su libertad. La frecuencia de la verdad es la que impera y es imposible de eliminar.

Por eso buscan a toda costa ocultarla, manipularla, crear dualidad y enfrentamiento para dejarla escondida en la *caverna*. Pero el fuego secreto está encendido y su luz ilumina todas las sombras. El humano inexorablemente volverá a su origen, volverá a la verdad. Y eso hará que físicamente avance y crezca de nuevo. Que las verdades universales se hagan obvias otra vez y la falsa dualidad impuesta desaparezca. El retorno de los auténticos dioses, de nosotros mismo como parte de la Fuente Original. Y mientras exista un alma de la auténtica Fuente en esta realidad, esto es inevitable. Y cada vez más son conscientes de su auténtica naturaleza y propagarán más de esa luz. Más verdad. Pero desde la pasividad no se realizan los cambios. Es momento de la acción.

EL MUNDO ONÍRICO

-QUÉ ES EL SUEÑO.

El sueño ha sido y sigue siendo uno de los enigmas de la investigación científica y todavía hoy se tienen grandes dudas sobre él. De ser considerado un fenómeno pasivo en el que parecía no ocurrir aparentemente nada, se ha pasado a considerar un estado de conciencia dinámico en que podemos llegar a tener una actividad cerebral tan activa como en la vigilia y en el que ocurren grandes modificaciones del funcionamiento del organismo e incluso en la psique.

Se ha demostrado que dormir es una actividad absolutamente necesaria. Si no durmiésemos durante varios días podríamos sufrir daños físicos, mentales y energéticos. Un descanso defectuoso y poco reparador termina menoscabando cuerpo y mente, enfermando poco a poco.

Se conoce el caso de varios experimentos de privación de sueño, teniéndose el récord al parecer en once días sin dormir, donde las habilidades cognitivas y mentales del observado fueron deteriorándose progresivamente, en un proceso antinatural. Si bien se expone que los daños no fueron graves, realmente lo desconocemos.

Mientras dormimos se llevan a cabo funciones fisiológicas imprescindibles para el equilibrio psíquico y físico de los individuos como restablecer almacenes de energía y reparación celular o restaurar la homeostasis del sistema nervioso central y del resto de los tejidos.

El sueño tiene un papel importante sobre los procesos de aprendizaje y memoria. Durante el sueño se tratan asuntos emocionales reprimidos, se ordenan mentalmente y en el subconsciente lo aprendido y acaecido durante la vigilia, e incluso el sistema emocional se reestructura buscando su armonía y equilibrio.

-PROCESO ENERGÉTICO DURANTE EL ACTO DE DORMIR. SOÑAR.
En el acto de dormir y durante el sueño, nuestro cuerpo físico y los energéticos se reparan y recargan del flujo de energía álmica, de energía Ki universal y vital, y de la energía de la Tierra, procurando un equilibrio energético saludable.

El campo mental realiza un proceso de *desfragmentación* y ordenación de ideas, recuerdos, sensaciones y registros para incorporarse adecuadamente a nuestro campo.

Los sueños tienen más importancia de la que se cree y algunas culturas los consideran primordiales e incluso la auténtica realidad, siendo la vigilia el estado secundario de consciencia. Sostienen que cada persona puede y debe llegar a ser su propio maestro en el mundo terrenal y espiritual o universo de sus sueños.

Cuando dormimos, a parte los procesos fisiológicos que suceden, se procesan los actos mentales y energéticos. Soñamos. No se tiene claro qué son los sueños, si son una serie de imágenes mentales que se van procesando según nuestros recuerdos o deseos, si es un proceso cognitivo del subconsciente para ordenar ideas e información, si viajamos astralmente, si pasamos a otras dimensiones, si nos desligamos de nuestro cuerpo físico, si no lo hacemos... Nosotros creemos que es una mezcla de todo.

Al soñar, entramos en un estado donde nuestro, vamos a llamarlo cuerpo energético o consciencia onírica, pues no nos gusta mucho llamarlo cuerpo astral, es parcialmente liberada y es capaz de crear dimensiones mentales propias, viajar a otras dimensiones y acceder a espacios etéricos donde podemos conocer a otros seres como si fuesen incluso nuestras amistades, conocer lugares familiares y encontrarnos con entidades.

El mundo astral es un mundo más denso energéticamente y también se puede acceder a él sin soñar por diversas técnicas, aunque también se pueda acceder soñando. Así que nos referimos mayormente como mundo onírico, aunque durmiendo también visitemos el astral.

-EL MUNDO ONÍRICO.
Este mundo onírico de los sueños es muy complejo y difícil de controlar, además de ser una fuente de información y comunicación con otras realidades. Se forma a través de nuestros propios recuerdos y sensaciones, y de los propios del estadio que visitemos, dando la sensación de que es todo una ilusión, pero siendo real.

Prueba de ello son las evidencias físicas que a veces se tienen tras un viaje onírico, como marcas, golpes, o arañazos que pueden aparecer en todas partes del cuerpo y recuerdos que luego comprobados en el mundo de vigilia coinciden.

INTERACCIÓN CON ENTIDADES EN EL MUNDO ONÍRICO

Es conocido el fenómeno de los visitantes de dormitorio. Cuando estamos en el estadio de sueño podemos llegar a ver y percibir muchos tipos de entidades de diferentes tipologías, siendo comunes las experiencias con sombras oscuras, hombres extraños con sombrero y ojos rojos, extraños seres de aspecto nórdico pero sin rostro y hasta los clásicos grises. También bolas de luz, seres de aspecto monstruoso y hasta aparecidos tipo espectros. Todo ello puede suceder durante el sueño, o al despertar repentinamente (e incluso cuando todavía no nos hemos dormido pero estamos cayendo en el letargo). Puede estar relacionado con procesos de abducción, implantación etérica o de interacción directa con entidades que buscan la parasitación o algún tipo de interacción.

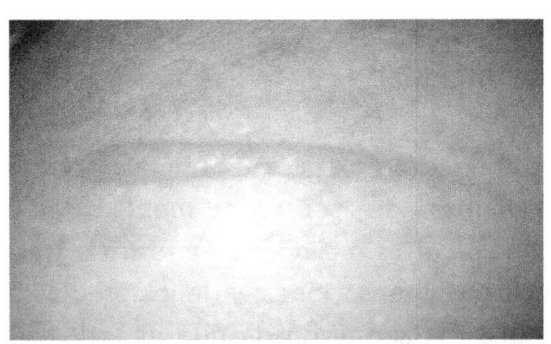

Arañazo tipo ampolla aparecido en la cadera durante el sueño sin motivo aparente. La persona que lo refiere se encontraba en un proceso de "despertar", de desparasitación y empoderamiento. Las entidades pueden realizar estas agresiones como advertencia, para asustar para que no se siga ese camino. También aparecen en algún tipo de contienda onírica o en abducciones etéricas y físicas.

Aunque sin miedo y empoderados, hay que tener precaución y nuestra recomendación es no hacer caso nunca de ninguna entidad por amable que parezca, ni asustarnos y plantar cara por horrible que sea. Con prudencia pero activos y fuertes.

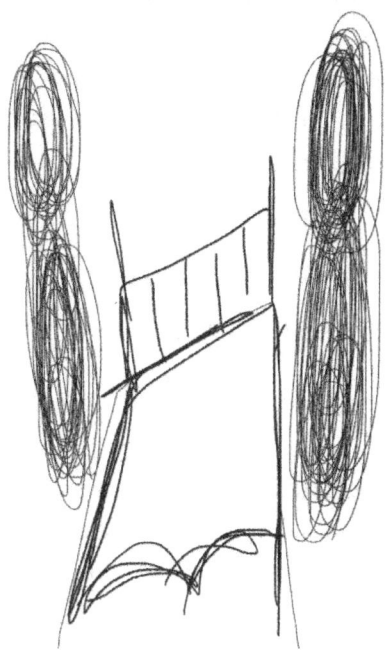

Dibujo rápido realizado por una persona con cierta capacidad mediúmnica que había tenido encuentros con entidades en el onírico. Tras experiencias de viajes astrales y sueños lúcidos, en este caso tuvo una parálisis de sueño con asfixia y pudo ver junto a su cama dos entidades de unos dos metros de altura que al parecer pretendían *camuflarse* para no ser vistas. Despertó a las 3:30 h., otro patrón en estas experiencias.

EXPERIENCIAS SEXUALES

Son típicas las experiencias de relaciones sexuales durante el sueño. Muchas de estas experiencias oníricas sexuales a las que se las suele achacar como deseos reprimidos, son causadas por una ilusión producida por entidades parasitarias de energía vital conocidas como íncubos y súcubos.

Es curioso como al ser detectadas y al negarnos a participar en la relación cambian de forma e intentan adoptar la de otra persona que nos atraiga más e intentan consumar. Pueden leer nuestro campo mental para buscar las imágenes más idóneas para crear su ilusión y producir la parasitación (personas que nos gusten, antiguos amantes, preferencias sexuales...).

En nuestro caso, al costarles más acceder a esa información, adquieren formas de personas desconocidas probando y cambiando de forma hasta con varios intentos.

Nuestra recomendación es negarse siempre a estas experiencias sexuales oníricas, por muy placenteras que puedan parecer. Porque además de estas entidades parasitarias, también podemos estar sufriendo una ilusión dentro de una abducción etérica e incluso física. Conocemos casos de quienes tienen estas experiencias a diario y viven drenados y prácticamente sin energía, despertando a menudo con moratones y arañazos, llevando una vida con escasa motivación.

CONTROL Y PARASITACIÓN ONÍRICA

Pues aunque el mundo onírico es una realidad llena de información y posibilidades, está también habitado por entidades de todo tipo y es controlado por los controladores arconte para no poder escapar del sesgo de la matrix, produciendo el borrado de memoria al pasar de una dimensión a otra.

Existe la parasitación energética durante de los sueños, llegando a ser a veces muy potentes. También la implantación de ideas y manipulaciones mentales. Recordemos la película *Origen* y cómo podían llegar a manipular a un sujeto entre varios onironautas.

Como hemos comentado, también existe la abducción etérica y algo muy común en este estado alterado de consciencia es la implantación etérica. Existe un salto o espacio entre ciclos, entre el cuerpo físico y los energéticos, al cambiar del estado de consciencia de vigilia al onírico, donde somos fácilmente implantables con diversos fines de control y parasitación. Se produce tanto en las dimensiones que visitemos, de forma oculta, o al interactuar con diversas entidades, como en el espacio físico que ocupamos en nuestra propia cama siendo visitados por los mencionados visitantes de dormitorio.

DIMENSIONES ONÍRICAS

Al dormir, nuestra mente y nuestra consciencia creadora crea dimensiones mentales en las que suceden los actos durante el sueño, que se mezclan con las deformaciones que nos inducen los controladores. También visitamos otras dimensiones y lugares interdimensionales y realizamos viajes astrales.

A veces es como si tuviésemos una doble vida y cuando estamos *allí*, nos reencontramos con conocidos de todo tipo y visitamos lugares familiares. Hasta tenemos alguna función o misión que realizar. Hemos *visitado* muchos sitios así.

Podemos visitar dimensiones o mundos oscuros de pesadilla y podemos ser atacados por entidades que adquieren formas monstruosas, de persona que tememos o con las que tenemos algún conflicto, huyendo a veces de ellos con temor. Puede suceder de todo en el mundo onírico.

Es importante empoderarse en el mundo onírico tanto como en el mundo de vigilia, siendo en ambos conscientes de nuestra naturaleza como fractales de la Fuente Primordial y aun con limitaciones, con todo el poder y fuerza que ello conlleva.

SUEÑOS LÚCIDOS

Podemos ir adquiriendo la capacidad de tener sueños lúcidos, es decir, de decidir lo que sucede y hacemos en ellos, y de recordarlos.

Para recordar los sueños una de las técnicas más recomendadas es, al despertar, no levantarnos inmediatamente de la cama sino permanecer en ella y hacer un esfuerzo para recordar lo que hemos soñado, cuanto más mejor, pero por lo menos lo más significativo.

Seguidamente, incorporarnos suavemente sin perder lo que tenemos en mente y anotar en un diario que tendremos cerca todo lo que recordemos. También podemos grabarlo en una grabadora de audio para llevar un registro.

Más tarde podremos analizar estos recuerdos y experiencias e incluso a las entidades que nos hallamos encontrado para neutralizarlas e impedir futuras interferencias.

HIGIENE ONÍRICA

Consideramos importante no quedarse dormido viendo la televisión ni irse a dormir inmediatamente después de verla, pues esto propicia un estado poco favorable al sueño lúcido y merma las facultades. Igualmente con el teléfono móvil u ordenador.

Es preferible hacer un intermedio antes de dormir con alguna lectura, meditación controlada o ejercicio respiratorio que nos oxigene y nos active mental y energéticamente, a la vez que relaje el cuerpo, lo que nos ayudará a descansar mejor y tener mejor viaje onírico. Un buen ejercicio es la respiración Ki de Koichi Tohei. Igualmente intentar evitar dormir estando en estado de embriaguez, drogado o estresado. Proponemos tener la costumbre de realizar un ejercicio de protección onírica antes de dormir.

TRABAJO ONÍRICO

Ya en el mundo onírico, poco a poco cada vez iremos haciendo un esfuerzo para ir siendo más conscientes de lo que sucede, para recordar y controlar las acciones que realicemos e incluso la creación de las escenas donde estemos interactuando.

Es importante no fiarse ni creerse nada totalmente de lo que encontremos, así como no tener miedo. Si tenemos duda de algo o sospechamos, abandonemos el lugar aunque nos quieran convencer de lo contrario. También podemos lanzar una ráfaga de luz de nuestra alma para desenmascarar lo que tengamos delante y que muestre su verdadera apariencia.

EMPODERAMIENTO ONÍRICO

En caso de ser atacados tenemos tendencia a huir. Pero recomendamos enfrentarse sin miedo si has realizado el ejercicio de protección propuesto en la última parte del libro. Te sorprenderá cómo terminas empoderándote e incluso deshaciéndote de las entidades que te acechen. Puedes lanzar rayos de luz de la Fuente Original si te sientes atacado contra las entidades e inundar el lugar con esa luz, quemando toda entidad u oscuridad que te aceche. Pero solo recomendamos esta acción realizando previamente el ejercicio mencionado, con el entrenamiento energético que vamos proponiendo y con sus precauciones. Aunque sea bueno tirarse a la piscina, no es bueno tirarse sin saber nadar.

Incluso una vez ya despierto, se puede realizar el ejercicio de limpieza energética descrito también en el libro imaginando y reviviendo la escena del sueño donde hayamos sufrido algún ataque; limpiar toda esa escena con energía de la Fuente Original. Los sueños también son interferidos y son usados para manipular a las personas.

Con este tipo de acciones y protecciones propuestas, es difícil que se dé el fenómeno de la parálisis del sueño por interacción de una entidad. Pero si se diese, según nuestra experiencia lo que hacemos es no tener miedo, rechazar mentalmente a esa entidad y ordenarle que se vaya, aunque no la percibamos ni veamos. Expandir nuestra energía álmica, quemando toda energía o entidad negativa que hubiese a nuestro alrededor y envolviéndonos con esa energía, hacer un esfuerzo físico sin cesar hasta que consigamos movernos recuperando nuestro poder.

Al poco hemos conseguido movernos sin problema y hemos seguido descansando plácidamente incluso sin necesidad de despertar.

Si es necesario, por falta de práctica, puedes forzar el despertar. Beber agua, andar un poco y oxigenarte bien antes de volver a dormir, realizando el ejercicio de conexión para proteger y recalibrar los campos energéticos. El dominio del mundo onírico es importante para llegar a trascender la matrix como parte más del conflicto espiritual, energético y evolutivo que enfrentamos.

Persona con sensibilidad *vio* cómo esta entidad que aparenta ser como un lagarto, le provocó una parálisis del sueño. Pudo hasta notar el tacto de su piel *rugosa*; dibujo realizado por ella.

Visitantes de dormitorio.

LA "AUTÉNTICA" ESCTRUCTURA DE LA TIERRA Y LUNAS. NAVES NEGRAS

-LA TIERRA.

Todos hemos visto alguna vez la típica imagen de nuestro planeta Tierra desde el espacio o en un globo terráqueo. Una bola perfecta y azul en medio de un bonito espacio estelar. Según la información a la que hemos accedido esto no sería realmente así y estas imágenes estarían manipuladas para crear una imagen ficcional en el inconsciente colectivo de cómo es la Tierra. Una programación más.

LA FORMA DE LA TIERRA

Por su puesto ponga usted en duda si quiere esta información, como toda la del libro, pero consulte con su interior evadiendo la programación mental.

Este planeta realmente tendría como forma de cebolla, a modo de esfera aplastada desde arriba y abajo, con forma irregular. Estaría rodeada por una especie de extraño campo electromagnético convexo y varios campos de energía. Estos son las conocidas barreras que impedirían escapar o salir del planeta a una persona por medio de un desplazamiento físico (lanzamiento hacia el exterior del planeta), al menos con la tecnología conocida. También encontramos barreras etéricas para no dejar escapar almas y tener contralada la entrada y salida a nivel interdimensional del planeta. Alguien versado puede burlar de alguna manera estos controles.

TIERRAS ETÉRICAS

Superpuestas a la Tierra existen varias Tierras dobles o etéricas (desconocemos el número total; tenemos información sobre dos o tres), que podrían corresponder a líneas temporales diferentes coexistiendo a la vez (aunque dentro de esas dimensiones paralelas también tendrían sus propias líneas temporales). Estas Tierras también se encuentran controladas en una matrix. En una de ellas el control es más liviano y la gente es más consciente. La opresión es menor. En otra es al contrario: la opresión es mayor viviendo en estado de represión y hostigamiento constante. En otra no se perciben personas.

LAS FALSAS TIERRAS

En la parte extrema sur de la Tierra, probablemente coincidiendo con la Antártida, encontramos una especie de gran túnel o apéndice que sale del planeta (imaginamos que vemos el planeta desde lejos) a modo de túnel. Como si esa parte del planeta fuese hueca y se comunicase con el exterior con un gran tubo/túnel. Este apéndice/túnel es etérico o semi físico dependiendo de la circunstancia, permaneciendo oculto. Puede que marque una especie de transición o salto interestelar, a modo de agujero de gusano.

Se extiende por el *espacio* saliendo de la Tierra hasta que llega a una especie de plataformas flotantes. Algo parecido a lo que se ve al final de la película *Dark City*. Estas plataformas imitan la superficie del planeta Tierra, siendo una réplica de él, pero quizá no en su totalidad. Hay varias de estas falsas Tierras (desconocemos el total), que también estarían conectadas entre sí. Ocuparían un espacio interdimensional diferente. Parece ser que personas son *llevadas* allí (a modo de abducción) de forma física y etérica, y están durante algún tiempo sin percatarse que no están en su lugar de vivienda habitual. Estos *raptados* pueden ser movidos de forma periódica entre una plataforma y otra con diversos fines hasta ser devueltos a su lugar original (por supuesto no se recuerdan los tránsitos; los recuerdos se unificarían).

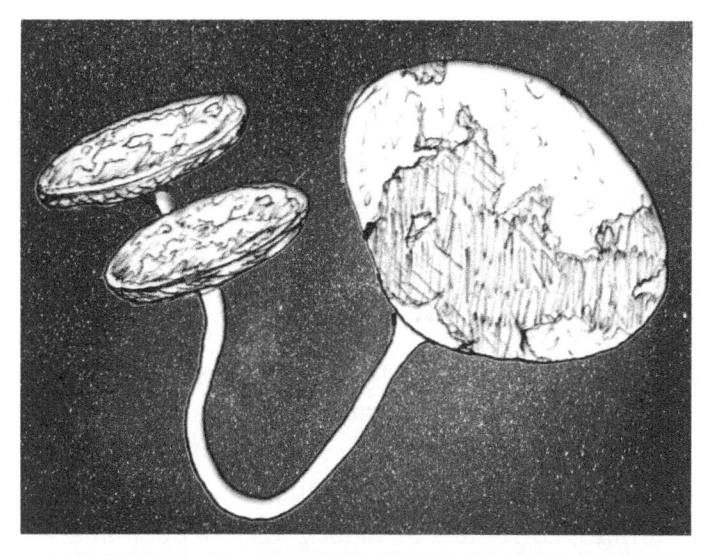

Plataformas de imitación del planeta o Tierras planas.

Esta pudiera ser una de las razones por la que mucha gente está convencida de que la Tierra es plana. Porque realmente han estado en estas falsas Tierras planas durante un tiempo y los datos no cuadraban.

¿Cómo saber dónde estamos? Activando el alma y mirando nuestro interior para percibir la realidad.

LOS NÚCLEOS DE CRISTAL

Como se muestra en algunas películas, el interior de la Tierra realmente no sería totalmente compacto, sino que estaría dividido en grandes zonas huecas y cavernas.

No solo tendría un núcleo central (y además no como nos enseñan en el colegio) sino que estaría formada por diversos grandes núcleos y subnúcleos de cristales, cuarzos y diversos minerales (algunos puede que desconocidos).

Debido a su gran energía, en combinación entre ellos y con todos los minerales, corrientes de agua y magma del planeta, generarían las redes de energía planetaria, que en combinación con la energía de los seres vivos, se formaría el auténtico campo energético y electromagnético del planeta.

Estos núcleos conectan con el exterior a través de formaciones rocosas y montañas (o más bien las formaciones rocosas externas están conectadas energéticamente con los núcleos internos de energía).

Rocas con formas cuadradas en la sierra de Grazalema, Cádiz. Conectan en su interior energéticamente con un núcleo energético de cristal en lo profundo de la Tierra, que a su vez conecta con una ciudad/base etérica intraterrena conteniendo un portal dimensional.

Habría que plantear si la fuerza de la gravedad procede de este campo electromagnético o de un campo artificial interferido, ya que esto replantearía la visión general de un planeta altamente compacto que genera gravedad por su densidad.

Cuevas de cristal de Naica, México. Nos da una idea de los núcleos internos del planeta (fuente de las imágenes *elembrujodegaia.blogspot.com* y *mercuriopedia.wordpress.com*).

Los controladores han interferido estos núcleos energéticos para usarlos a su beneficio y modificar la frecuencia planetaria natural para promover la matrix y el sistema de control en el planeta granja prisión.

LAS CIUDADES ETÉRICAS INTRATERRENAS Y PORTALES DIMENSIONALES

Asociados a estos subnúcleos encontramos bases y ciudades intraterrenas normalmente etéricas (independientemente de las bases subterráneas que se conocen que existen y de otros seres que habiten las profundidades).

Estas ciudadelas o bases etéricas son usadas como portales interdimensionales por diversos seres para acceder y salir de esta realidad. Parece que algunos son neutrales y otros son utilizados por los controladores. Encontramos por ejemplo grandes seres con todo el cuerpo peludo anaranjado tipo Yeti o algunos parecidos a los grises con largos cráneos, pero con piel verdosa/azulada, ojos grandes más rasgados y rostros perfilados.

-LAS LUNAS.

Igualmente a la Tierra, su satélite conocido como la Luna, estaría realmente hueco (a mayor escala) y seccionado en diferentes niveles y cámaras. La Luna realmente sería de origen artificial, o modificada artificialmente, a modo de nave/planetoide de control.

Es utilizado por los controladores a modo de repetidor/emisor de ondas o vibraciones proyectadas sobre la Tierra, que ayuda a mantener la matrix planetaria y a los habitantes del planeta controlados (para algunos proveniente de Saturno, donde se encontraría un gran portal a una dimensión oscura arconte). Esta vibración modifica también la frecuencia planetaria natural, mantiene la cúpula de control que envuelve el planeta y hace a los humanos más difícil que puedan despertar sus auténticas capacidades álmicas manteniéndolos en una vibración baja, apegados a su imagen mental, al tiempo lineal y monitoreados por los implantes etéricos, semietéricos y físicos. La imagen romántica que se ha vendido de la Luna es totalmente falaz. También es un puesto intermedio para entrar y salir de la Tierra en saltos interdimensionales.

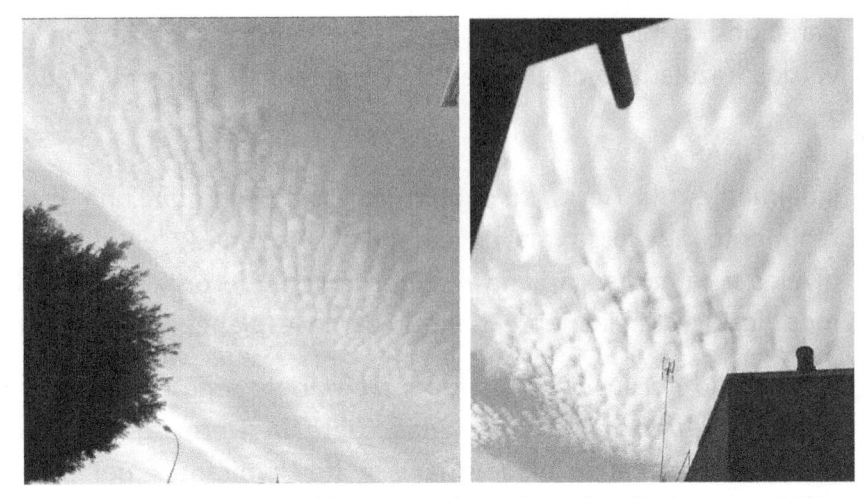

Potentes ondas electromagnéticas marcadas en las nubes (imágenes en Málaga y Mallorca, España).

También se marca esta irradiación sobre el agua. En esta ocasión no había viento ni nada vibrando cerca que pudiese producirlas. El cielo estaba igualmente invadido por ondas (imagen en Mallorca, España. Fuente Desesperados TV, *desesperadostv.com*).

Estas ondas electromagnéticas y etéricas igualmente son emitidas por las naves negras que orbitan sobre el planeta. También recepcionadas y repetidas en la superficie por diversas tecnologías y redes de sistemas de antenas. Es *fácil* percibir cuando es intensificado el *bombardeo* electromagnético (coincidiendo con algún acto o circunstancia propicia a los controladores), además de que multitud de veces queda reflejado en el cielo.

LAS LUNAS OCULTAS

El satélite principal que llamamos Luna y que vemos por las noches no sería el único que orbita a la Tierra. Existirían otras naves/planetoides (se han detectado hasta cuatro, pero su número puede ser mayor) que normalmente permanecen ocultas y *van y vienen*. En ocasiones se aprecia fácilmente una doble luna más pequeña (por lo menos a la visión) junto a la luna *principal*. Las referencias a la doble luna aparecen en diversos medios y pueden verse en logos y mensajes de algunas cadenas de televisión y medios asociados a los controladores. También en algunos cultos.

-LAS NAVES NEGRAS.

Se han detectado orbitando a la Tierra diferentes tipos de lo que podemos llamar *naves negras* debido al modo como se perciben. Son extensas plataformas oscuras de extraña tecnología exógena que no parecen las clásicas imágenes que tenemos de una nave espacial, sino como una especie de transbordador o lanzadera entre realidades o dimensiones.

Su estado puede ser etérico y semifísico, accediendo también al plano tridimensional (algunas parece que han sido captadas en imágenes y se les ha llamado los *caballeros negros*).

Su función parece de control planetario, seguimiento, infiltración de realidades, e igualmente a la Luna, irradian sobre el planeta diferentes tipos de frecuencias para el control y mantenimiento de la matrix.

LOS TRONADOS

En su interior podemos encontrar una densa energía oscura y seres interdimensionales en estado lárvico/etérico.

Destacan una especie de humanoides gigantes que permanecen como en trance, sentados en una suerte de *tronos* que son parte de la nave. Sus cabezas están conectadas por múltiples cables y tecnología a una especie de hardware y consolas, todo igualmente incorporado a la totalidad/conjunto de la *nave*. Contienen energía demiúrgica.

Su función (o una de ellas) sería la de *creación* o *emanación* de entidades y seres por proyección mental (crearlos con el pensamiento podríamos decir). Una interferencia sobre nuestra realidad creando constantemente entidades etéricas de energía oscura o abriéndoles un paso más cercano a esta dimensión (manifestación de pensamiento demiúrgico). Sería un proceso similar a la creación de un tulpa (un ser u objeto creado mediante poderes mentales o espirituales).

APUNTE

Fran Parejo explica en sus conferencias un experimento muy revelador. En una sala se colocan varias varillas de incienso humeantes cuyo humo se va fotografiando durante el proceso. Algunos sujetos meditan en la misma sala y concentran su pensamiento sobre el humo. Si piensan en emociones negativas o de energía densa, en las fotografía aparece que el humo toma extrañas formas como de tipo insectoide, muy parecidas a algunas de las formas que suelen tener las entidades oscuras.

Esto explicaría por qué muchas de las entidades oscuras etéricas tienen formas y aspecto insectoide. Su origen mental/oscuro demiúrgico. Sabemos que las formas de las entidades que se perciben es una interpretación mental asociada a algo que nuestra mente conoce o ha registrado, asociándolo a eso y dándole o reconstruyéndolo con esa forma, en este caso tipo insectoides o amorfo/insectoide (los percibimos como algo parecido a insectos, aunque no lo sean).

Cuando la mente no es capaz de asociarlo a nada que contenga, aunque siempre busca alguna forma de asociación, suceden otros procesos.

CÁMARAS DE VITRINAS

En el interior de estas *naves* encontramos unas extrañas salas donde se encuentran dispuestas en filas grandes vitrinas (cilindros de material aparentemente transparente) en posición vertical. También hay reportes sobre estas salas de haberlas encontrado en bases subterráneas y en relatos de abducciones.

Podrían contener diferentes tipos de cuerpos energéticos, almas y seres físicos de diferentes tipos (creación de híbridos, robots biológicos, clones...).

-VIAJES INTERESTELARES.

Hacer un breve apunte sobre los viajes espaciales. Desde nuestra percepción, lo que siempre se nos ha mostrado sobre viajes espaciales e interestelares, en la realidad y en la ficción (películas, series, etc.), forma parte de una programación (aunque sobre este tema también en algunas pelis se nos muestra la realidad: están *obligados*) para que no lleguemos a imaginar cómo sería realmente el *desplazamiento* de un plantea a otro, por ejemplo, y cómo sería realmente lo que llamamos el *espacio exterior*.

El viaje interestelar se produciría a través de portales dimensionales de salto y reubicación física, a modo de lo que se muestra en la película *Stargate* (hasta en la película *They Live* se muestra esto).

Esto supone que cada ubicación extraespacial implica su propio espacio dimensional y su propia percepción temporal (si es un planeta o lugar sujeto a la matrix temporal), no siendo el espacio exterior un lugar gélido o de *nada* entre cuerpos estelares, sino una mezcla de energía, *tiempo*, materia en diferentes densidades y multidimensiones conectando los lugares con *agujeros de gusano*, podríamos decir, y saltos/accesos interdimensionales.

El ir al espacio exterior físicamente sería muy difícil debido al sabotaje de los controladores y a las barreras electromagnéticas, necesitando una tecnología muy específica que no es la clásica tecnología de propulsión.

TIPOS BÁSICOS DE ENTIDADES PARASITARIAS E IMPLANTACIÓN ETÉRICA

Dependiendo del autor o de la persona quien perciba las entidades, se les puede denominar de una u otra forma. Pero más o menos suelen usarse los mismos nombres (aunque a veces el mismo término refiere a cosas diferentes). Vamos a exponer la terminología que nosotros utilizamos para referirnos a las entidades parasitarias que se encuentran en otros rangos de frecuencia y vibración diferente a la nuestra.

Esta es una clasificación sencilla, esquemática y genérica, pues catalogarlos todos, nuevamente, sería enciclopédico. Sirva aquí para tener una visión general de lo que podemos encontrar y de lo que nos rodea. Pondremos los más comunes, por lo menos según nuestra experiencia.

ENTIDADES OCULTAS

Normalmente estas entidades y seres no son fácilmente perceptibles a la vista común aunque podamos sentirlos muchas veces, así como sus efectos sobre nosotros. Personas sensitivas o con capacidades psíquicas pueden llegar a verlos o percibirlos con facilidad (como nuestro amigo Jaconor o nuestra antigua maestra Mari Jose). Pero realmente con entrenamiento cualquier persona almada puede percibirlos y visualizarlos. De eso se trata el método de Sintonización Álmica, el cual empleando la energía e información álmica nos permite acceder a un amplio rango de frecuencias, detectar y visualizar más allá de la visión física.

(Con mucho entrenamiento se puede desarrollar la visión interdimensional). A estas entidades no les gusta que se les *vea* ni se les detecte. Pueden llegar a atacar, acoplarse, seguirte, y en algunos casos hasta acosarte. Por eso hay que tener una práctica previa de protección y camuflaje antes de introducirse en la visualización de entidades. Dejaremos la visualización más compleja de momento para próximos volúmenes y talleres.

-ALGUNOS TIPOS DE ATAQUES PSÍQUICOS, TIPOS DE SERES Y ENTIDADES, PARASITOLOGÍA ENERGÉTICA, IMPLANTOLOGÍA ETÉRICA.
(Algunas de las imágenes usadas están reproducidas a raíz de las expuestas en el blog *parasitoenergetico.blogspot.com* y otras encontradas, para facilitar el trabajo del ilustrador).

La anterior imagen es la clásica que encontramos sobre parasitación energética y etérica. Una persona con el campo aurico lleno de pequeñas larvas, restos o suciedad energética, de seres sombra u oscuros proyectando energía negativa (ataque psíquico) y de espectros intentando aproximarse. Esta imagen es muy similar a lo que se puede percibir en los primeros estadios de visualización energética/sintonización álmica (después la cosa se complica y se perciben muchas más cosas...).

ATAQUES PSÍQUICOS Y OTRAS IMPREGNACIONES

Se conoce como ataque psíquico al ataque energético, voluntario o involuntario, que normalmente está precedida de una intencionalidad mental desencadenante, aunque pueda suceder inconscientemente. Son los también llamados "trabajos".

Estos tipos de ataques energéticos pueden ser realizados por desconocimiento: el simplemente mirar mal a una persona, desearle algún mal por envidia, por tenerle odio o por cualquier causa de baja vibración, puede causar que se lance esa energía densa hacia el protagonista de su mal pensamiento. Esto es muy común y es aprovechado por entidades para campar a sus anchas, invocándolos realizando contratos energéticos de forma inconsciente. Como cuando alguien piensa -ojalá te salga todo mal y el diablo te lleve-, ese deseo puede ser recogido por alguna entidad, que luego se cobrará su parte (por eso se dice que el mal deseado siempre vuelve), y esa energía de vibración densa es proyectada. Por resonancia energética será lo que atraiga entrando en el bucle negativo que mucha gente arrastra.

Realizados con conocimiento: se realizan a través de rituales o algún otro tipo de práctica, a propósito, para provocar alguna consecuencia, un daño o mal sobre alguien. Sucede lo mismo que en el caso anterior y alguna entidad puede intervenir o es invocada a conciencia para ello. Las entidades también realizan ataques directamente por sí mismas constantemente.

CONEXIONES Y LAZOS ENERGÉTICOS

El simple hecho de pensar en alguien que nos atraiga, que le tengamos coraje, o que nos obsesione, crea una especie de conexión o lazo energético sobre ella a modo de, podríamos decir, cordón o hilo etérico.

Esto puede ser acumulativo y dependiendo del tipo de vibración proyectada y la salud/fuerza energética de la persona que los reciba, pueden ser condicionantes y ocasionar algún tipo de variación o incluso daño. Se pueden arrastrar de vidas anteriores, multidimensionalmente, pertenecer a una red implantaria o formar parte de un *trabajo*, por ejemplo.

LASTRES DE VIDAS ANTERIORES O TRAUMAS ENERGÉTICOS

Algún tipo de trauma o vivencia sucedido en una vida anterior, puede acarrear una manifestación en el campo energético, una codificación enquistada, que queda impregnada en el campo energético.

Por ejemplo, el caso de una persona varón con molestias en la barriga y la sensación de movimiento constante en ella. Tras pruebas médicas infructuosas, resultó ser el resto energético de un aborto en una vida anterior. Limpiado esto, la molestia, sensación e hinchazón desaparecieron. Otro ejemplo: una chica que durante una terapia tuvo la necesidad imperiosa de ponerse a dar a luz como si estuviese embarazada. Tuvieron que asistirla como si se tratase un parto real en una extraña escena teatral pero real para la chica. Tras esto sus problemas y molestias terminaron. Se trataba de otro caso de aborto sin resolver.

CONTRATOS Y PACTOS ENERGÉTICOS

En el ilusionismo, el arte de crear ilusiones, se utilizan varias estrategias y técnicas estructurales para llevar la atención y dirigir el pensamiento del espectador donde interese.

La primera es la llamada misdirection o desviación de la atención. Es el nivel más básico y consiste en derivar la atención y dirigir la mirada del espectador a un punto, mientras que en otro punto que ya no vemos o al que no prestamos atención sucede algo "a escondidas".

El siguiente nivel es el control de la atención directamente, donde ya no solo se redirige o enfoca la mirada o atención del espectador hacia un punto, sino que también se controla la atención como tal, el pensamiento, dando los elementos en los que se quiere que se fijen, las ideas que se quieren que se construyan en su mente, para enfocarlo de un punto a otro del guión directamente dirigiendo el pensamiento a través de la estructura dramática y técnica (línea narrativa).

Y un siguiente nivel, aunque podemos identificar más, son las estructuras de doble fondo: sucesos y elementos ocultos en una subestructura subyacente a la principal, la que percibe el espectador, que relaciona todos los elementos antes, durante y después del guión principal seguido en ese momento y que prepara y deja preparado lo que sucederá más tarde, incluso mucho tiempo después. Son las diferentes capas de intención, de control de la atención y el redireccionamiento del enfoque de la construcción de las ideas.

Controlando estas estructuras y los elementos de enfoque de atención de ellas, se puede direccionar la atención completa, la línea de pensamiento, e impedir que se vea el *truco* que hay detrás (por llamarlo así: la trampa, la back door de los oscuros).

Esta también es la forma, mucho más burda y oscura, pero eficaz, de obrar de los controladores. Crear estructuras y subestructuras, diferentes líneas de pensamiento y diferentes líneas de guión a través de los elementos dados para redireccionar el enfoque de las ideas de diferentes grupos de población y diferentes personas.

Poder identificar estas estructuras nos permite darnos cuenta de las back doors o puertas traseras, de las trampas, que tienen multitud de hechos que están aconteciendo y que han utilizado durante toda la *historia* para el engaño y manipulación del humano, pero siendo aceptados por él, respetando de esa retorcida forma su libre albedrío.

Ya hemos apuntado la necesidad de preguntarse siempre qué puede haber detrás de lo que estoy viendo o haciendo, hacia dónde quieren dirigir mi pensamiento y dilucidar las diferentes capas de posibilidad y manipulación.

Esto sucede en lo que llamamos contratos o pactos energéticos. Existen diferentes tipos de contratos energéticos que pueden ser aceptados voluntariamente o implícitamente, de forma muy sutil. Todo está rodeado en cierta forma de este tipo de contratos.

Por contrato entendemos *acto o convenio, oral o escrito, entre partes que se obligan sobre materia o cosa determinada, y a cuyo cumplimiento pueden ser compelidas*, es decir, pueden obligar a que se cumpla.

En el campo etérico este tipo de conveniencias o pactos son diferentes ya que muchos los aceptamos implícitamente, por simple intención, o hasta a nivel inconsciente; muchas veces percibimos el resultado hacia nosotros, pero no lo que espera la otra parte del contrato. Incluso hasta los hechos de forma voluntaria muchas veces no se sabe cómo se habrán de pagar.

Un ejemplo de pacto energético que hemos visto, es el de una persona que cedió un año de vida mediante ritual escrito a una entidad para aprobar un examen. Barbaridades de estas son más comunes de lo que imaginamos. En este caso, el contrato era voluntario y el beneficio era conocido por las dos *partes*.

Un ejemplo de contrato voluntario pero donde se desconoce lo que en su momento pedirían a cambio, es otro caso que conocemos directamente donde una supuesta *sanadora* recomendó a una persona que tenía problemas y no podía dormir, que rezase y pidiese a algún ánima en pena que la ayudase a dormir. Debería dejarle un vaso de agua como ofrenda en la mesita de noche.

Consiguió así dormir y a las mañanas siguientes el vaso de agua aparecía vacío. Pero la cosa se complicó. Esta persona tenía sensibilidad psíquica sin desarrollar y por las noches empezó a notar cómo alguien o algo se le metía en la cama junto a ella. Hasta el punto que notó cómo ese ser quería entrar dentro de ella, *ocupar su cuerpo*. Tuvo que hacer un gran esfuerzo para impedirlo y poder expulsarlo.

Un caso parecido el sucedido igualmente a otra persona con ciertas capacidades, pero con bastantes conflictos. Invocaba a los llamados *médicos del cielo* para que la sanasen. Según algunos profesos de new age, son médicos y sanitarios fallecidos que pueden ser invocados para ayudar a curar a los vivos.

También empezó a tener problemas nocturnos. Sombras que la visitaban y asustaban a los perros, y algo que se le introducía en la cama por debajo de las sábanas, destapándola e intentando subir hacia ella.

Algunos canalizadores cuentan que existe la *policía del astral*, que en caso de necesidad para librarnos de alguna entidad o ataque psíquico, podemos pedirles que actúen para ayudarnos. Pero necesitan que se lo pidamos para poder intervenir, es decir, y lo que realmente sería, necesitan nuestro permiso, nuestra invocación, que hagamos un pacto con ellos. Evidente back door.

Recordamos también cosas que nos contaban las abuelas, como rezarles a las *ánimas benditas* para que te despertasen a una hora. Esto se cumplía y las despertaban de un tirón de piernas a la hora indicada, cumpliendo el pacto.

Un caso claro de contrato energético es el contrato literal, redactado por escrito y firmado en papel, para limpiar una vivienda en la que varios seres no paraban de acosar a su ocupante. La redacción del contrato pedía limpiar la casa durante un plazo de cien años. Las consecuencias de este pacto, de no haber sido removido, podían haber sido impredecibles ya que quedaba directamente atado a una entidad mayor y las entidades que ocupaban la casa que volverían una vez cumplido el plazo. Y esto sucedería aunque hubiese fallecido.

Ejemplos de contratos implícitos: la utilización de ciertas herramientas en algunas terapias; cuando usábamos el péndulo hebreo para realizar limpiezas energéticas, a veces irradiábamos sobre la persona energía taquiónica. Esto le provocaba un subidón y le daba un gran extra de energía. Parecía como si hubiese tomado un estimulante.

Pensábamos que estábamos haciendo un bien para su salud, pero aunque así fuese, nos dimos cuenta que el péndulo y esa terapia estaban interferidos estando conectados a una red energética implantaria.

Cualquier entidad podía acudir a la *invocación* implícita e irradiar esa energía. Pero a cambio se estaba suscribiendo un contrato, tanto por el terapeuta como por la persona irradiada. Y esto sucede en muchas de estas prácticas.

Recodemos que las entidades pueden simular la sensación de felicidad y plenitud como si fuese una droga, que pueden darnos conocimiento, sanarnos y hasta inspirarnos, pero a cambio siempre buscarán su beneficio y cosecha de loosh. Que te haga sentir *bien* no quiere decir que sea *bueno*. Los seres altruistas actúan de otro modo: buscan que tú mismo encuentres tus herramientas y no suscriben pactos.

Lo mismo ocurría con la utilización de símbolos proyectados en el aura del paciente o utilizados por su frecuencia para sanar. Estos símbolos aunque de por sí pudiesen tener un nivel vibratorio beneficioso, como podría suceder con la flor de la vida o la geometría sagrada (máxime con símbolos canalizados), al estar inmersos en la estructura matrix demiúrgica, son fácilmente interferibles e igualmente pueden estar conectados a una red energética implantaría, donde se da un beneficio pero a cambio de algo (la flor de la vida muestra la proporción áurea y de ella surge el merkaba, cubo de metatrón y demás geometría sagrada; esto denota un patrón en el diseño de esta realidad, pero al ser un diseño demiúrgico queda supeditado a este).

Ese algo a cambio, puede ser un permiso implícito para el parasitaje, ser marcados como con un sigilo, puertas abiertas a la implantación etérica e incluso obligación de reencarnar en la matrix.

Otro ejemplo que hemos visto se da en el libro canalizado, y en tantos otros, *Un Curso de Milagros*. Este libro ofrece un material que quien lo usa y sigue parece encontrar paz y felicidad. Incluso lo defienden de manera adictiva, probablemente debido a la implantación derivada de su uso. Reconocemos que no lo hemos leído porque en seguida sentimos la energía implantaria asociada a él y las trampas al hablar del "creador". Si se visualiza este libro etéricamente quitando los velos, se verá lo realmente conectado a él: una gran entidad parasitaria de aspecto reptiloide grisácea. El mismo tipo de entidades que se hacen pasar por nuestro Yo Superior y al que mucha gente se conecta.

Los contratos pueden arrastrarse durante muchas vidas e incluso pueden ser generacionales como las maldiciones, padeciéndolos también la descendencia. Estos tipos de contratos son muchas veces los que nos atan a la matrix impidiendo que podamos escapar de ella una vez que abandonamos el avatar físico.

Todo símbolo o material que se emplee para la sanación y proyección vibratoria o adivinación, como las cartas del tarot en las que nos dan información creando el posible pacto, es susceptible de ser interferido al desconocer el origen exacto de su creación y el ligado frecuencial que emite.

Por ejemplo, los cuencos tibetanos que se entienden emiten una vibración beneficiosa, fueron creados a raíz de la información de canalizaciones. Probablemente su uso ata energéticamente a las entidades que los canalizaron.

E incluso, igual que un decreto o rezo puede ser interpretado como un contrato en el momento que se pida algo a alguien, un elemento externo como un cuarzo o un cuenco puede ser interferido y programado para que cuando se use se haga a cambio o a través de un contrato.

Recordemos lo que sucede cuando rezamos u oramos, pidamos a quien pidamos. Al pedir, tomamos el papel de contratador sobre un contratista de un bien o gracia que queremos se nos conceda, volviendo a caer en la trampa, sin saber qué tipo de energía, entidad o ser se otorgará como dador. Si pedimos a algo o alguien no sabemos quién responderá ni a cambio de qué (incluso aunque digamos el nombre a quien pidamos).

Y no hablemos de los que realicen contratos con fines malignos, desde el más simple amarre hasta el empleo de entidades para dañar. Su nivel de parasitación es muy elevado.

Los contratos energéticos son también una forma de crear una suerte de portal dimensional de apertura. Recordemos lo fácil que es abrir un portal o canal de comunicación en algo tan sencillo como la ouija o las psicofonías, donde la simple intención de querer comunicarnos o entablar conversación ya crea la apertura y el consiguiente probable contrato.

Con la información aquí narrada podemos tener una idea de los riesgos y lo fácilmente manipulable del mundo etérico. Nuestra recomendación es tener prudencia siempre. No *pedir* a la ligera y menos sin saber quién *escucha* ni *responde* (lo mejor es no pedir). Usar nuestra energía álmica para limpiar (usando el decreto si hace falta; ver las recomendaciones para decretar) y desconectar cualquier utensilio o accesorio que utilicemos, ya sea un diapasón, cuenco, o un símbolo. Podemos por ejemplo desconectar un símbolo de la red demiúrgica y usar su vibración propia, no la emitida por la red. Siendo conscientes podremos utilizar algo si el momento lo requiere y sin el riesgo de una conexión arcóntica.

Lo más recomendable es ir empoderándose y ser cada vez más autosuficiente. Tenemos el poder en nuestro interior, creámoslo y usémoslo.

ANULACIÓN Y ELIMINACIÓN DE CONTRATOS

Como herramienta propuesta para remover y anular contratos, podemos realizar un ejercicio del tipo corte a la recolección de loosh explicado más adelante. Cuando lleguemos al paso de visualizar la *esfera de corte*, podemos visualizar y sentir, con toda nuestra intención, cómo todos los contratos que tengamos van entrando en esa esfera (como papeles, o como luces, o como nos venga) decretando por ejemplo: -todos los contratos energéticos de cualquier tipo que tenga, realizados por mí o en mi nombre, en esta vida y en todas las vidas, en esta línea temporal y en todas las líneas temporales, en esta dimensión y en todas las dimensiones, sin excepción, entran en esta esfera de energía y son ahora anulados y quemados por la energía de mi alma, la de la Fuente Original-. Una vez sintamos que la esfera está llena, visualizamos así (y lo decretamos si hace falta) cómo la esfera de corte arde en llamas luminosas hasta desaparecer, terminando como se indica en el ejercicio.

LIMPIEZA Y DESCONEXIÓN DE OBJETOS

Igualmente, como herramienta adicional para limpiar y desconectar objetos, podemos realizar el ejercicio de protección y limpieza energética explicado más adelante. Una vez así, podemos visualizar y sentir, con toda nuestra intención, cómo nuestra energía álmica a modo de llama se expande hasta el objeto y lo envuelve (un cuenco tibetano, cuarzo, diapasón, etc.), quemando cualquier energía densa que pueda tener impregnada y cualquier conexión energética a la que esté sujeto. Podemos decretar por ejemplo: -este objeto queda ahora totalmente limpio y libre de cualquier energía negativa o densa, quedando ahora totalmente desconectado de cualquier fuente o red implantaria o de cualquier entidad-. Recomendamos hacer esto asiduamente, incluso cada vez que se utilice el objeto.

MAL DE OJO

Popularmente así conocido: el ataque psíquico clásico donde se le pretende un mal o daño a un tercero. Hecho de forma inconsciente, deseado, pronunciado verbalmente, o siendo realizado por ritual. Dependiendo de la fuerza espiritual, mental y etérica del atacante y del atacado, puede pasar casi desapercibido u ocasionar bastante daño en la vida de la *víctima*. También puede ir acompañado de entidades o cáscaras astrales (espectros).

Como ejemplo (habría muchos), un caso de una niña pequeña que de repente un día entró en estado depresivo, perdió la vitalidad y motivación sin causa aparente, sin tener fuerzas ni ganas de nada. Prácticamente no hablaba y parecía estar ensimismada. Tras visitar al médico, no tenía ningún problema de salud aparente. Tras contactarnos y analizado el caso, habrían recibido un mal de ojo por motivo de envidias familiares sobre unas propiedades, por parte de un sujeto de la familia materna, recayendo el daño sobre la niña. Esto había provocado que la cáscara astral de una señora mayor vestida de negro se hubiese acoplado a la niña (se encontraba sentada *expectante* a un lado de la cama), drenándola energéticamente impregnándola de vibración baja (curiosamente el aspecto de este ser coincidía con el de una mujer con mala fama y de historia negativa que vivía en la misma calle del pueblo de la madre; tiempo atrás había fallecido). Una vez limpiada la niña, al día siguiente era como si nada hubiera pasado encontrándose totalmente normal.

TRABAJOS, HECHIZOS Y MAGIA OSCURA

Cualquier tipo de ritual mágico o de cualquier tipo puede ser utilizado para realizar un mal, daño a un objetivo, o a nosotros mismos por desconocimiento o inconsciencia. Los rituales se producen desde en las religiones (el ritual de la eucaristía por ejemplo, que no deja de ser un ritual de sangre simbólico donde te sometes voluntariamente a una entidad que se hace pasar por un dios bebiendo su *sangre* y comiendo su *carne*) hasta en todo tipo de prácticas pseudoreligiosas, paganas, brujería, satánicas, wicca, druídica, chamánica, etc.

Los rituales son condensaciones energéticas de la intención de quien lo realiza, a través de una escenificación técnica y guión repetitivos (los hay de muchos tipos, desde simples encendidos de velas, lectura de hechizos y conjuros, empleo de muñecos y fotografías, hasta grandes escenificaciones con sacrificios y orgías), usando la energía normalmente invocada de algo externo como alguna entidad de cualquier tipo, consciente e inconscientemente, al que se le suele ofrecer algún sacrificio o deuda.

Podemos encontrar diferentes tipos de *magias*, como magia verde o de la tierra, donde se usa la fuerza de los elementos, de los seres elementales y *espíritus* de la naturaleza (entidades feéricas que habitan en diferentes habitas naturales), magia roja o de sangre (con sacrificios de sangre de algún ser vivo), y lo que comúnmente se llama magia negra con diferentes rituales que engloban también los anteriores. Lógicamente, existen más tipos de *magia*, ritualística y elementos empleados (utensilios de muchos tipos, simbología, invocaciones, libros, lenguajes, numerología, tableros, runas, cartas, espejos, lugares o *santuarios* concretos, fechas determinadas...).

Algunos tipos de rituales se realizan en fechas determinadas para potenciar sus efectos, como en los cambios de luna, en los días 3-6-7-9-11-22 entre otros, en fechas con numerología especial, alineaciones de planetas, cambio de estaciones, fiestas paganas y religiosas, eclipses...

Cuando se pretenden realizar rituales potentes, por ejemplo los orquestados o dirigidos por los controladores (en el que necesitan mucha acumulación de energía para intentar abrir portales dimensionales, por ejemplo, o lanzar hechizos sobre poblaciones), se suele hacer una preparación previa de recolección de loosh con acontecimientos y noticias (creando así también un determinado egrégor) que por su efecto distorsionen emocionalmente de forma acentuada a la población creando una emanación de energía densa de vibración baja, irradiación de ondas electromagnéticas y etéricas con el mismo propósito, encapotamiento artificial de los cielos para apagar el sol y fumigaciones clandestinas (aunque están a la vista).

Hacemos mención de lo enfocado a un fin *oscuro* (aunque muchos lo ven beneficioso y hasta *bueno*), pero hay quien realiza rituales con objetivos de sanación y para ocasionar un bien solicitado. Aunque en estos casos estos se puedan realizar de buena voluntad, lo repetitivo o realizado de forma ritualística está casi totalmente interferido por las entidades arcónticas y suele acarrear una conexión energética o contrato, con sus consecuencias.

Estos trabajos por encargo, o realizados por uno mismo, o rituales más complejos, si están enfocados hacia un objetivo concreto o general, ocasiona un daño o impregnación energética que dependiendo de la fuerza del atacante y del atacado, puede ser de mayor o menor gravedad. Algunos de estos pueden arrastrarse durante varias existencias y ser hasta generacionales.

MALDICIONES

Como sucede con las maldiciones, que funcionan como uno de estos trabajos de magia oscura, como potentes proyecciones de deseos malintencionados, ocasionando una impregnación de energía distorsionante, que puede sufrirse de forma individual (persona o lugar), a un grupo determinado de personas o lugares, o hasta generacionalmente. Según una definición formal, *una maldición es la expresión de un deseo maligno dirigido contra una o varias personas que, en virtud del poder mágico del lenguaje, logra que ese deseo se cumpla.*

ATADURAS; AMARRES

Las ataduras normalmente son provocadas a propósito por algún trabajo de magia oscura, pero también se lo puede autoinfligir uno mismo, ante una visión pesimista o negativa de nosotros, no creer en nuestras posibilidades y auto imponernos trabas. Se localizan como impregnaciones energéticas en las manos y pies generalmente (también en rodillas, codos, cuello, etc.). Se infligen para que alguien no alcance sus propósitos y no consiga avanzar.

Igualmente sucede con los amarres. Son realizados, muchas veces de forma inconsciente o encargándolos, por alguien que desea sexualmente a otra persona para que se sienta atraída o que se enamore de él. También se pueden autoinfligir al hacer contratos diciendo cosas del tipo –te querré eternamente y solo seré tuyo-, -mi cuerpo es tuyo para siempre-, y cosas así. También sucede con el matrimonio (aunque aquí el amarre es de otro tipo) y con otros tipos de contratos ritualísticos o ceremonias.

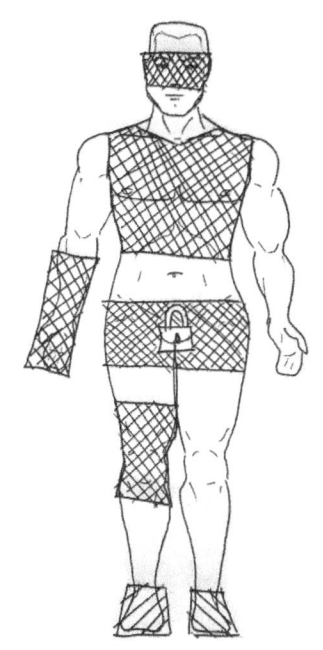

Visualizando diferentes tipos de ataques psíquicos o sus resultados: ataduras (manos, pies y rodillas), amarre (zona genital), velo (ojos) y coraza (pecho).

VELOS, CASCOS, CORAZAS, ADHERENCIA DE ENERGÍA DENSA

Igual que las proyecciones energéticas negativas que se producen con las ataduras, realizadas para impedir el avance y evolución del atacado, también pueden imponer velos que tapen los ojos (para *cegar* y no dejar ver, según diferentes propósitos), cascos para el control mental y del pensamiento así como para inducir malestar y poca claridad mental, corazas en el pecho, barriga, cuello, etc., para impedir el desarrollo de determinadas capacidades o facultades, aislamiento energético, inducir malestar o enfermedad, bloqueos energéticos, etc. Todos estos pueden ser adherencias de energía negativa provocada o implantarias, con un diseño etérico y programación concreta preestablecidos.

MIASMAS; APERTURAS EN EL AURA

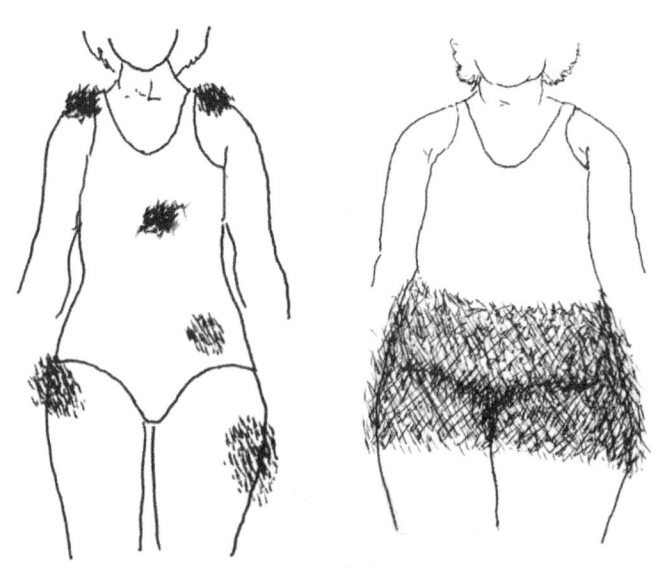

Miasmas y energía densa adherida.

Se entienden por miasma a *morbosidades* energéticas o acumulaciones de energía distorsionada en diferentes lugares del campo energético, que producen o son consecuencia, de algún mal o dolencia física (recordemos que para nosotros lo físico también es energía, que es recorrido y nutrido a su vez por energía). Pueden ser producidos por ataques energéticos y *pegarse* de un campo energético a otro, dependiendo de estos.

Igualmente una mala higiene energética y mental, o un ataque psíquico, pueden producir aperturas, fracturas, como agujeros, debilidades o permeabilidades en el campo energético de la persona. Esto propicia que ciertos parásitos, como del tipo larvas o tenias astrales, puedan acceder al sistema energético interno del cuerpo e instaurarse allí.

Por ejemplo, un amarre puede producir una apertura y miasma en la zona energética genital de la persona atacada. Este residuo puede adherirse a otras personas al tener relaciones sexuales. E incluso puede provocar, si el amarre no es bien removido y reparado, que no se consiga tener relaciones con más personas o que no sean satisfactorias.

TULPAS; ENTIDADES CONTRATADAS

Hemos mencionado que estos tipos de trabajos normalmente tienen asociados algún tipo de entidad, de forma inconsciente o invocada, que es la que otorga el servicio a través de su energía, a la vez que parasita al ejecutor, quedando ligado a él a través del contrato establecido (por eso se dice que el mal siempre te vuelve; por resonancia de frecuencia se atraerá ese tipo de energía densa, además de quedar atado a este tipo de entidades parasitarias oscuras acechadoras).

Los tulpas son creaciones mentales, energéticas y formas de pensamiento realizadas a propósito o ante una intención muy acentuada, a modo de seres de diferentes aspectos, como humanoides, animalescos, o amorfos, que se crean para cumplir una "misión" encomendada. Si no se realiza bien la programación y eliminación de este ser una vez cumplida o realizada su función, puede quedar vagando y hasta tomar cierta consciencia propia. Una definición de tulpa es *un concepto procedente del misticismo budista; un ser u objeto creado mediante poderes mentales o espirituales*. Igualmente se puede pactar o invocar otros seres.

ALGUNOS TIPOS DE ENTIDADES Y SERES; FORMAS DE ACOPLAMIENTO Y PARASITAJE

LARVAS ASTRALES

Llamamos larvas astrales a pequeñas entidades que se perciben con esa forma, como de larva, sanguijuela, o gusano. Vagan por el campo astral (dimensión energética más densa y cercana a la física, aunque cada autor tiene su definición e interpretación), pasando de persona en persona (o animal), alimentándose de la frecuencia vibratoria baja que se identifique con su rango.

Según el tipo de larva, una vez acoplada seguirá alimentándose de esa densidad vibracional e incluso provocando que la persona la siga generando induciéndole sensaciones o emociones para ello. Pueden reproducirse soltando como huevecillos o larvillas en el campo aurico si este está dañado o densificado.

Si el campo energético está lo bastante dañado, como hemos comentado pueden llegar a introducirse en la red interna y acoplarse, llegando a generar hasta grandes daños físicos y molestias sin explicación.

En algunos casos de remoción de estas larvas internas, dolencias como sangrados uterinos que precisaban de una intervención quirúrgica, han desaparecido.

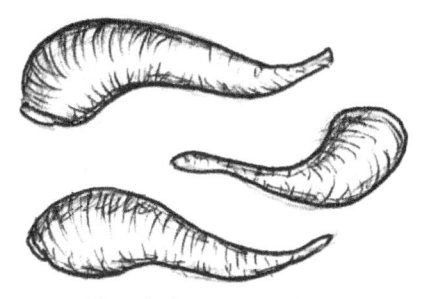

Tipo de larvas astrales.

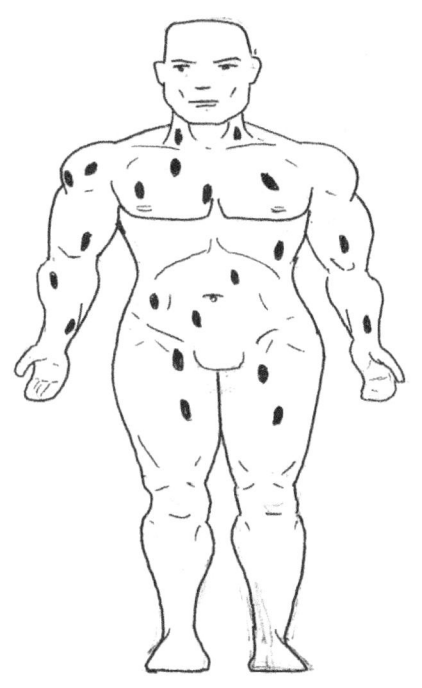

Larvillas adheridas por el cuerpo.

Hemos oído comentarios como que este tipo de larvas son necesarias para eliminar nuestros residuos energéticos y que se establece una relación simbiótica con ellas. Lógicamente han caído en la manipulación al creerse esto.

El residuo energético desaparece al desaparecer lo que lo ocasiona o limpiarse adecuadamente con una conveniente higiene energética. Sería como usar sanguijuelas para purgar enfermedades dejando que nos chupen la sangre.

Si alguien quiere establecer una relación simbiótica con una sanguijuela, cada cual sabrá. Pero no lo recomendamos.

LARVONES

Conforme las larvas van cogiendo mayor entidad y "tamaño" podríamos decir, van tomando mayor rango de consciencia y el riesgo para el parasitado es cada vez mayor, siendo mayor su influencia sobre él. Algunos larvones son prácticamente como espectros con intención propia.

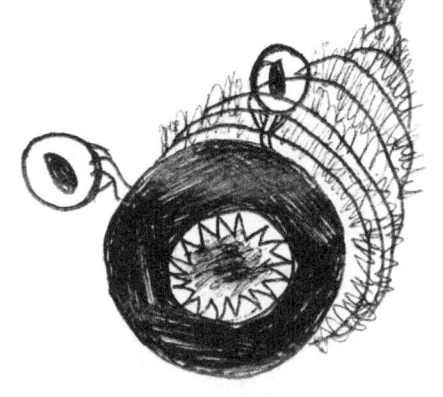

Dibujo realizado por una persona con capacidades psíquicas pero sin desarrollar y sin conocimientos de estos temas. Este ser tipo larvón la *atacaba* por la noche y durante un tiempo le impedía dormir.

ARÁCNIDOS, TENIAS Y SERES ACOPLARIOS

Estos seres parasitarios succionan energía densa, energía vital y energía sexual, adquieren diferentes formas (a modo de insectos, cuya morfología es muy variada). Algunos con formas arácnidas se adhieren comúnmente a los chakras inferiores y zona genital.

Otros con formas de tenias, babosas, o de otra tipología, se acoplan a los chakras (donde pueden dejar huevas) o pueden introducirse por las extremidades, cuello, intestinos, nuca, cerebro, acoplándose a vórtices o canales energéticos. Generan malestares, dolencias, enfermedades, decaimiento físico (hasta en algunos casos síntomas graves) y a nivel mental y espiritual pueden ocasionar depresión, obsesiones (como por el sexo o el alcohol para generar el tipo de emanación de la que se alimentan), irascibilidad o exaltación, falsa sensación de espiritualidad y felicidad artificial.

Un caso curioso el de una operación quirúrgica donde la herida estaba literalmente *infectada* por decenas de pequeñas larvas astrales *alimentándose*, que iban creciendo e introduciéndose por el cuerpo impidiendo la correcta cicatrización.

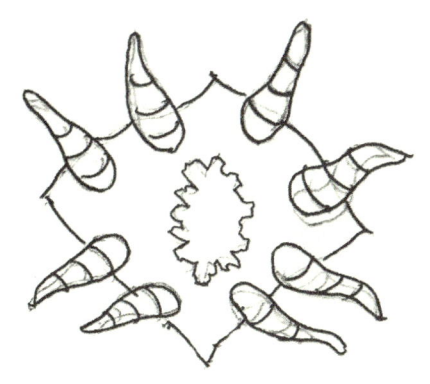

Detalle de larvillas acopladas a una herida quirúrgica.

Otro caso, una larva o babosa que ocupaba gran parte de los intestinos y útero. Utilizaron para su limpieza los conocidos huevos vaginales de obsidiana. En este caso lo que se consiguió fue *despedazar* el parásito en varias larvas sin mucho éxito, que hubo que extraer posteriormente con métodos más sutiles.

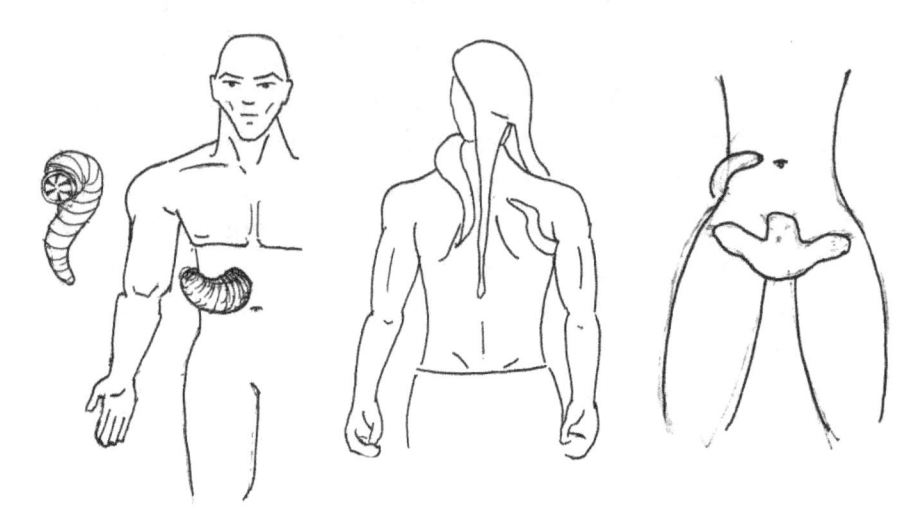

Diferentes tipos de parásitos acoplarios en diferentes zonas de acoplación (barriga, cabeza, genitales).

ARAÑAS ASTRALES (EN LUGARES)

Las acumulaciones de energía residual densa y negativa, convierten muchas veces ciertos lugares en comederos para entes astrales y propician la proliferación de este tipo de *fauna*. Al igual que si no se limpia una casa asiduamente tienden a aparecer arañas y ciertos insectos, energéticamente ocurre lo mismo. Las hay de diferentes clases y "tamaños" y también pueden interaccionar con las personas.

SERES ELEMENTALES

Ya hemos comentado la existencia de los seres feéricos propios de la naturaleza (se podría decir que autóctonos, pero habitando planos más sutiles de realidad). Algunos son propios de su entorno y fuerza creadora, y otros son algún tipo de *espíritu* maligno haciéndose pasar por ellos.

Actualmente, salvo de ser invocados o manipulados, no suelen ocasionar de forma ordinaria problemas. Pero sí los hay que se han acoplado o *unido* a alguien con algún fin no benigno (por contrato, curiosidad, parasitación, venganza...).

MEDUSAS

Entidades con forma de medusa de tipología típica. Se encuentran tanto en las capas astrales como también aparecen en supuestas grabaciones del espacio exterior (se aprecia como un *mar* de medusas en una supuesta grabación con infrarrojos, no visibles a simple vista, de la estación espacial internacional).

Estas medusas suelen estar relacionadas con algunas prácticas *espirituales* y meditativas, proporcionando falsa sensación de bienestar y plenitud, por ejemplo, pero siendo parasitarias y controladoras.

Algunos ritos (como en el año nuevo chino, que sueltan de noche farolillos volantes con luces encendidas dentro) y fiestas populares hacen referencia a ellas, encontrándolas en desfiles, anuncios, series y películas (aparentando que reproducen las medusas marinas, pero por la forma del ritual o el entorno, se detecta que simbolizan a los seres astrales, de forma *oculta*).

Por ejemplo, podemos encontrar clara referencia a estos seres astrales, y todo tipo de seres astrales, en la serie *The School Nurse Files*, donde los caracterizan de formas "divertidas" y coloridas, pero siendo el trasfondo muchos más oscuro.

Se encuentran desde sencillas en el plano astral, de diferentes formas y tamaños, hasta de mayor entidad siendo seres arcónticos altamente distorsionados e interfirientes. También como implantes (típicos implantes con forma de medusa y larva).

Ejemplo de típica parasitación.   Parasitación durante una meditación.

ENTIDADES PARASITARIAS ASTRALES DE MAYOR RANGO (TIPO ALADAS, ETC.)

Conforme va aumentando el rango energético y complejidad estructural (al igual que los seres biológicos), estos seres desarrollan diferentes niveles de consciencia, morfología, forma de *alimentación*, influencia, habitabilidad, sociabilidad entre ellos, jerarquías, etc.

Por ejemplo, una seria, difícil de detectar y quitar, es una especie de ser alado como con alas de murciélago (parecido a un demonio) y una especie de trompa delgada y alargada que utiliza para acoplarse a la cabeza, o séptimo chakra, para alimentarse parasitando.

Produce agotamiento y gran malestar (te absorbe energía directamente), dejando una gran ruptura en el campo aurico que habría que reparar (como un agujero por donde ha succionado; puede dejar también restos energéticos residuales nocivos y larvas).

CÁSCARAS O CRISÁLIDAS ASTRALES, ESPECTROS, DESENCARNADOS

Son los comúnmente llamados *fantasmas*. Cuando el alma abandona el cuerpo/avatar físico tras la muerte biológica, debido a la fragmentación y separación que generalmente tienen los campos energéticos, el campo mental y/o espiritual, donde ha quedado registrada la información de su presente vida, puede quedar arraigado o anclado por diferentes motivos a la realidad física/material no abandonando o no queriendo abandonar ese plano.

Por tanto lo que realmente queda son las cáscaras astrales podríamos decir (o crisálidas astrales), formado por el cúmulo de recuerdos, emociones, conflictos, dependencias, adicciones, frustraciones, heridas emocionales y mentales, y demás lastres que tuvo la persona en vida. Por eso aunque estas reminiscencias energéticas se apareciesen o identificasen como algún pariente o alguien que conociésemos, y aunque crean ellas que lo son, serían la imagen mental/espiritual creada durante esa vida. Pero la auténtica esencia álmica (si la persona la tenía), ya habrá seguido otra suerte y *camino* (de hecho, el alma puede ocupar varias líneas temporales a la vez y por tanto varias existencias simultáneas incluso a nivel extradimensional; pero de eso ya hablaremos en otros volúmenes, poco a poco).

Estas cáscaras astrales, o seres fantasmales, no tienen una fuente de energía propia; por tanto suelen estar ligado a algún lugar de emanación energética (sitios telúricos, lugares de aglomeración o adoración, casas habitadas, otros seres similares, etc.), comederos energéticos o a personas, para poder emplear esa energía a su beneficio. Es común el encontrar *espíritus obsesivos*, que crean en las personas a las que están acoplados o ligados, la misma necesidad que ellos tuvieron en vida, como la necesidad de beber alcohol, de drogarse, de sexo depravado o incluso de *amar* y ser *amado*. Cualquier tipo de dependencia para alimentar esa necesidad.

Por esto, y según nuestra opinión, no es posible contactar realmente ni comunicar con una persona fallecida del modo que comúnmente se pretende. O son otros seres haciéndose pasar por ella, o son este tipo de cáscaras astrales. La comunicación sería entre almas (esto se puede conseguir, pero como dice un amigo, eso es harina de otro costal).

LOS OSCUROS, SERES SOMBRA Y AMORFOS

Sería una clasificación genérica para un amplio espectro de estas entidades de mayor rango. Son las que comúnmente se acoplan, adhieren, parasitan, acosan, o atacan. Pueden ocasionar problemas de todo tipo, como energía vital baja, *mala suerte*, enfermedades, manipulación y control mental (nuestra y del entorno).

De diferentes categorías y origen, pero por practicidad las englobamos en este grupo genérico (no pretendemos hacer una enciclopedia clasificatoria, aunque conocemos a muchos, y algunos es hasta mejor no exponerlos, al menos de momento). Desde figuras humanoides oscuras, con capas, sombras amorfas, grandes babosas gaseosas... Estos seres se "presentan" de diferentes formas y con diferentes efectos, aunque el común es obtención directa de loosh (además de manipulación para producirlo).

Oscuro o Ser Sombra acoplado.

Al visualizarlos recordamos que dependiendo de la consciencia y nivel cultural la mente descifrará los datos en el éter interpretándolos de diferente forma para asociarlos a una imagen que pueda reconocer, aunque estos *oscuros* suelen ser comunes.

Se perciben como sombras sin formas, sombras con forma humanoide, con formas insectoides, con forma como ectoplásmica amorfa pseudo transparente (al tipo de como aparecen en la película *Odd Thomas, Cazador de Fantasmas*), con flashes luminiscentes tomando cierta forma, o como si tuvieran una especie de camuflaje de ocultación con fallas (como el camuflaje de invisibilidad que usan los aliens en la película *The Predator*, como bien apunta Jaconor). Personas con más capacidades los ven, tal cual, como seres oscuros eteromórficos.

Podemos verlos (de forma visible) también en algunas grabaciones e imágenes en forma de orbs luminosos (o hasta oscuros, como manchas).

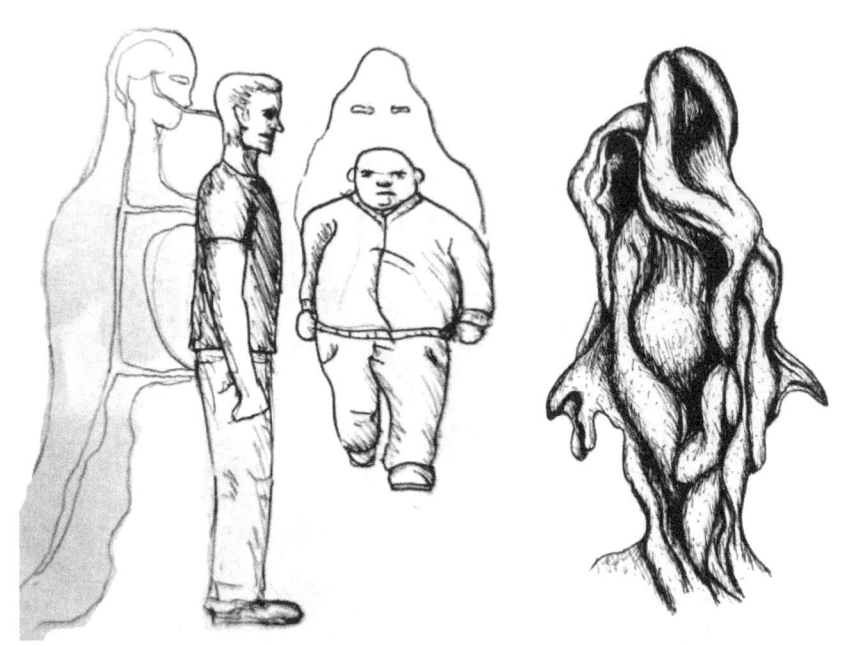

Diferentes entidades *pegadas*.   Entidad *amorfa*.

Estos orbs pueden representar muchos tipos de seres. También se captan diferentes seres con cámaras de visión infrarroja.

La forma de acoplaje de estos oscuros, anclaje y parasitación, es similar a la de otros parásitos, siendo las zonas más comunes sobre la parte superior de la espalda, nuca, chakras superiores y cerebro, parte posterior del chakra del pecho, zona lumbar, hombros, codos, manos, rodillas, pies y tobillos, chakras inferiores.

Normalmente por la zona trasera o desde arriba sobre la cabeza, pero también lo pueden hacer a más distancia. Su influencia y control sobre la personas puede ser bastante potente y pueden actuar de diferentes maneras, influyendo en las dimensiones oníricas, en el plano mental, en el plano astral y hasta en el físico, de forma *presencial* o a distancia.

Representación de típicas zonas de anclaje y acoplamiento.

Entidad oscura que aparece en forma de orb en la captura de la imagen. La cámara captaba muchas de estas luces circulares moviéndose por la habitación en una casa *infestada* de estos seres. Este pasa acercándose delante de la cámara como desafiándola. Había portales dimensionales y acumulaciones de energía bastante densa.

EGRÉGORES

Según algunas definiciones, *un egrégor viene a representar una "forma de pensamiento" o "mente colectiva", esto es, una entidad psíquica autónoma capaz de influir en los pensamientos de un grupo de personas.*

Un egrégor se forma a raíz de una acumulación en principio de energía psíquica de una o varias personas. Dependiendo de la fuerza mental o espiritual del individuo, esta energía en inicio residual, se va acumulando por resonancia vibratoria formando cúmulos.

Estos cúmulos actúan a forma de imán y atraen el mismo tipo de energía hacia ellos pudiendo ser así cada vez mayores. Llega un momento en que esta concentración energética es tan grande o se ha alimentado tanto, que influye de modo que quien entra en contacto con esta forma en egrégor, genera ese tipo de energía alimentándolo más todavía.

Incluso llegan a adquirir una pseudoconsciencia como entidades macro larvarias que buscan seguir adquiriendo el tipo de vibración del que están creadas. Hasta el punto de que pueden llegar a adquirir autonomía propia como entes.

Este tipo de energía de formación de egrégores suele partir de un fluido emocional/mental. Se suele comentar el caso de los partidos de fútbol multitudinarios. Cómo tanta gente junta exaltada, emocionada y hasta desbocada genera un campo emocional/energético, un egrégor, que es contagioso a quien esté allí. Incluso si lo estás viendo por televisión o escuchando por la radio. Y este tipo de contagio es una de las claves.

También se forma un egrégor sobre personas que son muy admiradas o famosas. Ese velo de misterio o carisma que a veces parecen tener es debido al pensamiento concentrado de miles de personas sobre ellos. Si ese egrégor es por algo positivo, al caer en él lo percibirás como que es un personaje querido o sabio. Si es por algo negativo, por ejemplo, sentirás repulsión. O viceversa.

Se pueden crear egrégores de dioses, de deidades, hasta del inconsciente colectivo. Un ejemplo de la creación de entidades por repetición constante de pensamiento, viene dado en la serie *Dioses de América*, donde en una escena aparecen una serie de Jesucristos diferentes que han sido creados por la energía de adoración de sus fieles, llegando a crear la propia imagen que es venerada en multitud, y llegando hasta a suplantar a la auténtica (por cierto, en esta serie hay una guerra entra los supuestos antiguos y nuevos *dioses* por la energía de adoración de los humanos; ¿algún parecido con la realidad?).

Esto lo hemos percibido en la imagen de la entidad Metatrón que ha sido creada y promulgada por la new age como un ser barbado vestido de blanco, que se ha encontrado y *visto* en la barrera entre dimensiones.

El egrégor de energía densa y oscura se expande como una masa con tentáculos. Hasta donde llega genera la misma emoción energética de la que se alimenta: miedo, depresión, tristeza, frustración...

Una forma de crear egrégores y de expandirlo es suscitar un evento o causa que genere una respuesta general a todo aquel que participe de ella. Por ejemplo, una acción violenta donde ha habido enfrentamientos. Si se televisa esto, esta sensación de miedo, frustración o intento de volcar la rabia contenida contra un determinado gremio, sea merecido o no, llegará a multitud de personas participando de esa sintonización densa a través de sus pantallas, alimentando el egrégor.

Recreando más escenarios del mismo tipo, por ejemplo violentos, el egrégor seguirá creciendo y la sensación de caos, inseguridad, miedo y demás, seguirá alimentando el egrégor y contagiará a quien alcance.

Alguien interesado en instaurar estas emociones a nivel global para seguir una agenda de control y miedo, estaría interesado en seguir creando y alimentando estas entidades macro larvarias cuya energía a su vez emplearían en distintos tipos de rituales y actividades para la apertura de portales dimensionales, control mental y energético sobre la población.

Cuando una parte de sus planes peligra o la carga energética no es la que necesitan, solo tienen que invertir polaridades a través de los distintos fenómenos provocados, entrelazados entre sí. Un disonante amasijo energético, una nube oscura que intoxica las mentes y las almas de quien se deja.

Es fácil reconocer cuando se cae en el campo de un egrégor. Te pueden decir algo contrario a tus pensamientos, y sin saber cómo, empiezas a cambiar de opinión, de sensación corporal y energética, pasando de un estado sereno a un estado de congoja; de un estado de autosuficiencia a un estado de necesidad y consentimiento. A creerte las mentiras generalizadas, incluso en tu círculo familiar o de amistades cercano.

Sentir una tristeza no justificada al presenciar cierta noticia o evento, que notas que no es tuya propia. Es como que se te agarra, que se te echa encima. Una extraña rabia, una exaltación de la nada... Como una especie de histeria colectiva.

Energéticamente es como si estuvieses dentro de una niebla tentaculada que cubre como con raíces, o una nube oscura desfigurada. Cuanto más cedes más crecen las raíces. Más conectas en la mente colmena larvaria.

Pero se puede escapar fácilmente de los apéndices del egrégor. Lo primero es ser consciente de la situación y de cómo nos quieren manipular siempre con dobles intenciones.

No recibir información de las fuentes emisoras y que extienden la toxicidad. A veces son muy sutiles y no lo esperamos de quien vienen. ¿Cómo puede decir alguien a quien la gente sigue con esperanza que el miedo es bueno y necesario? ¿En una batalla donde el enemigo se alimenta de miedo? Lógicamente porque ha caído en la manipulación arcóntica o porque era un *agente doble*.

Ser muy críticos con los medios de comunicación, las lluvias de enlaces y de noticias. Usar el discernimiento y el análisis en perspectiva, saliendo del pensamiento colmena.

Un parásito se introduce fácilmente en una red y una vez ahí se puede expandir sin parar disfrazado de buena voluntad. De hecho es una manipulacion arcóntica común.

ENCAPUCHADOS

Entidades oscuras, algunas mayores en la jerarquía, con las misma metodología que los oscuros y seres sombra, pero con hasta mayor rango de influencia, buscando mayormente un daño o manipulación importante (enfermar, daño emocional potente, deformación mental, etc.). Tienen mayor espectro de movimiento interdimensional y pueden hasta generar y utilizar portales dimensionales.

Se perciben como *altos* seres oscuros encapuchados, tipo capucha de monje, parecidos a los *nazgul* de *El Señor de los Anillos* (aunque también los podemos encontrar *blancos* e incluso de otros *colores* y *alturas*).

Se *alimentan* tanto de personas (de su energía, provocando el rango frecuencial que necesitan, como ya sabemos: loosh), de seres vivos (como otros tantos parásitos), como de otros seres y entidades, siendo curioso como muchas veces aparecen en grupos de dos o tres.

DEMONIOS

Podemos atenernos a lo que clásicamente se entiende por demonio. Estas entidades, cada vez de más rango podríamos decir en la jerarquía, tiene las particularidades y propiedades de todas las anteriores intensificadas.

Su visualización coincide con la imagen clásica de un demonio o diablo: rojos, negros o verdes por ejemplo, con cuernos y alas en algunas ocasiones, dientes afilados y mirada amenazante, zarpas y actitud agresiva (aunque particularmente los visualizamos y percibimos de otra manera, difícil de describir; pero dejamos esta breve descripción como referencia).

Su percepción energética es altamente distorsionada.

DEMONIOS JERARCAS (TIPO ALADOS)

Como interesante apunte, parece que junto a los druidas o brujos oscuros, que están detrás (y por encima) de los traidores a la humanidad y directamente asociados con las entidades arcónticas y exógenas, se han encontrado esta clase de demonios jerarca (probablemente draconianos).

Serían de gran tamaño, negros u oscuros, con grandes alas, protuberancias (y/o cuernos) en la cabeza; intensa energía oscura.

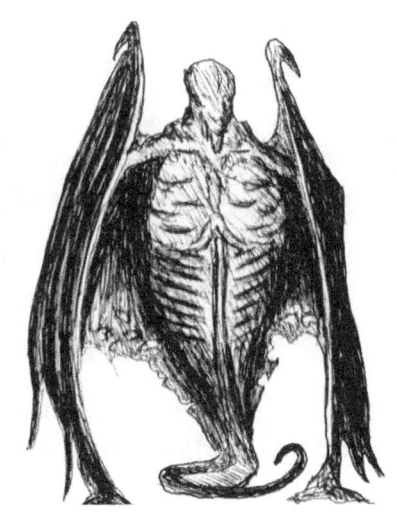

Posible representación de esta entidad demoníaca.

Izquierda: Figura representando a Pazuzu (museo del Louvre; primer milenio a.c.). Derecha: Representación muy similar a la anterior en una de las famosas piedras de Ica. Descripción clásica: *Pazuzu es el rey de los demonios del viento, hijo del dios Hanbi, en la mitología sumeria, asiria y acadia. Para los sumerios también representaba el viento del suroeste, que traía las tormentas y también era portador de la peste y las plagas, del delirio y de la fiebre.*

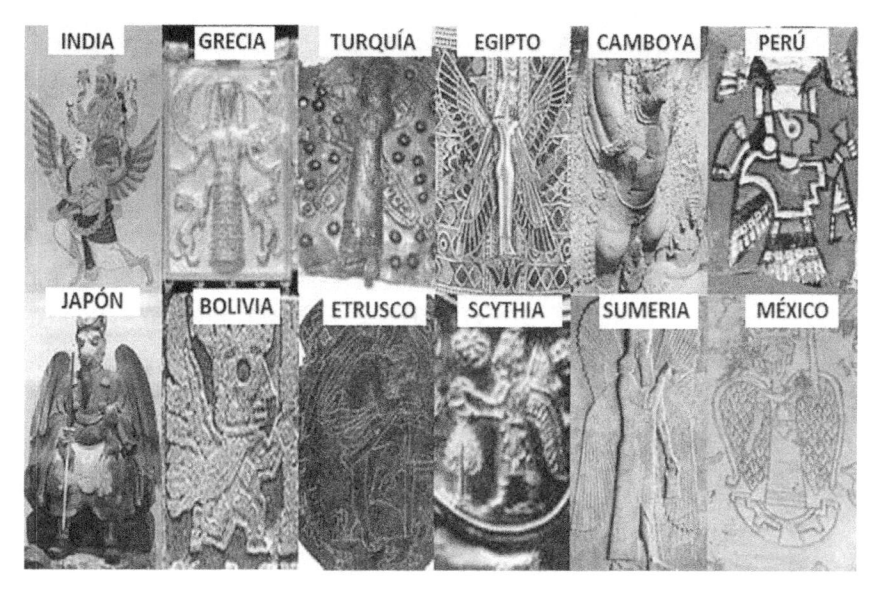

Encontramos representaciones de estos seres alados a lo largo de la *historia* por todo el mundo en diferentes países y civilizaciones.

Curiosamente, llama la atención cómo este tipo de seres alados jerarcas aparecían a lo largo de la *historia* temporal lineal en diferentes civilizaciones, asociados con el poder, y eran hasta venerados.

PARÁSITOS ONÍRICOS

Ya hemos mencionado la parasitación e interferencia en las dimensiones oníricas. Muchos de las entidades mencionadas, y muchas más, pueden interactuar en el onírico e influenciar para condicionar en la vigilia.

El mundo onírico es una parte más de esta realidad, con sus propias y numerosas particularidades, y por tanto mucho de lo expuesto es aplicable allí.

Recordemos que esta enumeración esquemática es introductoria (la que consideramos imprescindible para la sintonización álmica según nuestra experiencia, a un nivel inicial), y que hacer una catalogación más completa de la multitud de entidades sería enciclopédico.

SERES DE LUZ
(FALSOS O AUTÉNTICOS PARASITARIOS)

Falso ser de "luz".

Ya hemos comentado y puntualizado que muchas de estas entidades parasitarias/arcónticas se hacen pasar por lo que se han conocido como *seres de luz*, a saber: espíritus guía, maestros ascendidos, ángeles, arcángeles, aliens benefactores, maestros hiperdimensionales, diosas madre, etc., dependiendo de la cultura o creencia del particular.

Las vibraciones de paz, amor, éxtasis, plenitud espiritual y cosas por el estilo, son fáciles de imitar e inducir para hacer creer que son seres elevados, cuando realmente son *engendros* con fines de beneficio propio.

Detrás de estas falsas *criaturas iluminadas* podemos encontrar otras de todo tipo con fines muy distintos: insectoides, mantis, reptiloides, encapuchados y hasta demonios (por citar algunos).

Pueden llegar a obsesionar y controlar totalmente mentalmente, impregnando el alma y llegando incluso hasta la inoculación (o en términos mundanos, *posesión*).

Incluso pueden aportar información o datos del pasado o futuro que se cumplen. Tengamos en cuenta que pueden acceder a las líneas temporales artificiales y otras fuentes de información, o incluso hacer ellos mismos que se produzcan los efectos predichos.

Igualmente, existen entes parasitarios literalmente de "luz" (es un error y trampa dialéctica asociar lo "luminoso" a lo bueno; por eso en lo relacionado a la Fuente Original utilizamos el término Primordial, como Seres Primordiales, Plan Primordial, etc.).

A estos entes Corrado Malanga los ha denominado Lux (siendo uno de los *aliens* –entidades exógenas- más perturbadores y quizá complejos). Probablemente provengan o estén relacionados con la Fuente Luminosa Singular 1, en asociación con las entidades arcónticas oscuras (con propósitos parecidos y/o afines).

ALIENS

GRISES; MANTIS, INSECTOIDES;

REPTILOIDES; NÓRDICOS

Existen multitud se seres exógenos y endógenos (alienígenas), pero aquí enumeramos solo algunos de los más frecuentes dentro de la parasitación (no de la casuística general).

El tema alien es controvertido (realmente como todos los que estamos tratando). Al hablar de aliens, nos viene a la mente el imaginario popular sobre seres extraterrestres que vienen a nuestro planeta procedentes de otros, a no se sabe bien qué fin y no se sabe bien para qué. En definitiva, información y desinformación constantemente mezclada, pero sin llegar realmente al meollo del asunto.

El término alien está por ello viciado y envuelto en un halo de misterio, miedo y sorna a la vez. Por ello, aunque hacemos mención al tipo de energía alien, al referirnos a estos seres lo hacemos con el término *consciencias exógenas* o entidades *exógenas* (y *endógenas*). También podemos referirnos como *entidades arcónticas*, ya que es realmente lo que son, dentro de sus rangos, categorías y jerarquías.

Ya hemos expuesto en el apartado *La Invasión Exógena* cómo estos seres están aquí desde *siempre* y han manipulado a la humanidad desde sus inicios (mentalmente, energéticamente y genéticamente), a partir del Humano Primordial, para crear y mantener este planeta como una granja prisión; un gran comedero y generador de loosh en último término.

Actualmente siguen su plan de manipulación total de una forma acelerada y desesperada ante el gran despertar que está teniendo y va a tener la humanidad, pues su ciclo de control va a terminar.

La procedencia de estos seres, aunque algunos provengan de otros planetas y puedan manifestarse de forma física, mayormente es extradimensional, es decir, provenientes de otras dimensiones. Por tanto estarían tanto dentro de la Tierra como fuera, pero como decimos, a otro nivel de frecuencia vibratoria, en otra dimensión (o incluso a nivel físico, pero de forma oculta).

Por eso, el término *extraterrestre* no sería correcto y es más bien otra desviación de la atención *programativa* para alejarnos de la verdad y perdernos en indagaciones sobre viajes estelares manipuladas, la posibilidad o imposibilidad de viajar a o desde otros planetas, etc. (ya hemos apuntado que estos viajes se realizarían mayormente a través de saltos o accesos a portales dimensionales o interestelares, además de otras formas).

Hay infinidad de seres de las más amplias categorías y tipologías (simplemente analizando la casuística del contactismo, encuentros de tercera fase, o dentro de las abducciones, ya es muy abundante y difícil de catalogar la modalidad de seres).

Pero como esto no es un libro de ufología, vamos a referirnos a las entidades arcónticas (aunque estas realmente serían de inferior rango) más comunes dentro de la parasitología energética y que encontramos parasitando, influyendo o *poseyendo* de forma etérica o proyectados energéticamente/mentalmente, que podemos llamar para entendernos, por el tipo de energía, por su *forma* y procedencia, como aliens.

GRISES

Es la forma de alien más popular y que quizá más se ha caracterizado en el mundo del entretenimiento y de la ufología. Se han visto y percibido de muchos formas: altos, bajos, con grandes cabezas, con cabezas alargadas, con boca, sin boca, con orejas, sin orejas, vestidos, desnudos, con olor nauseabundo (como a metálico o sangre seca), sin ningún olor...

Se consideran que son robots biológicos clonados y utilizados por otras razas, formando parte de una mente colmena. Tienen una gran capacidad de interferencia mental e intensa energía oscura. Pueden ser proyectados etéricamente y encontrados en cuadros de parasitación e implantación etérica.

Pero debido a su popularidad y al formar ya prácticamente parte del inconsciente popular, utilizan su imagen para ocultaciones mentales. Es decir, utilizan la imagen de uno de ellos pero que ya es conocida popularmente para ocultar otro tipo de seres e intervenciones. Esto puede ocurrir en las abducciones, donde implantan una imagen mental de un gris para que si el abducido recurre a hipnosis u otra terapia para acceder a sus recuerdos ocultos sobre su experiencia, vea esa imagen y crean que los grises han sido los protagonistas de la intromisión. Pero sería una barrera mental, un parapeto camuflado, para no acceder a los datos reales.

MANTIS E INSECTOIDES

Estos seres se perciben (nos referimos a la forma mental etérica) como con aspecto de mantis (Mantis religiosa, de ahí su nombre), o con forma de insecto sin determinar.

Suelen estar relacionados con las parasitaciones en prácticas espirituales tipo yoga, meditaciones grupales, contacto o canalizaciones con guías y maestros, etc. También con el consumo de drogas, alcohol o alucinógenos.

Forman parte de una colmena dirigida por sus reinas, pero pueden tener algún tipo de autonomía e insistencia reiterativa por sus víctimas.

REINAS INSECTOIDES

Como su nombre indica, son las *reinas* regentes de estos tipos de *enjambres* insectoides y son las que dirigen al resto mentalmente (a modo de abeja reina; las películas *Alien 2* e *Independence Day 2*, nos muestran esto claramente y cómo son (parecidas) las estructuras matrix interdimensionales).

Con aspecto muy oscuro, podríamos decir, medio cuerpo con cabeza tipo mantis o mosca y medio cuerpo de macro larvas, generando más insectoides en su interior.

Forman *colmenas* transdimensionales (en la Tierra podemos encontrar varias) y están en colaboración (corporativa) con otras entidades arcónticas interdimensionales.

Se ha observado gran movimiento de estas entidades en la zona de oriente próximo.

REPTILOIDES

Los famosos reptilianos, a los que se le achaca el plan de dominación mundial planetaria. Aunque tienen gran importancia e interferencia sobre la humanidad, son solo una facción más de las que están en disputa por la granja prisión planetaria de la Tierra y por esta dimensión (esta disputa entre facciones de la corporación arcóntica –Jaconor dixit-, es una ventaja para la humanidad, pues sin las *órdenes* de sus jerarcas, el resto de la edumbre, incluidos los traidores a la especie humana, son como gallos sin cabeza; por eso entre sus estrategias de manipulación está que nos peleemos y enfrentemos entre nosotros, dividiendo fuerzas –como están ellos- e intentando interferir el Plan Primordial).

Existen de muchos tipos (draconianos, sauroides, lagartos enteros, facciones reptil, alados, tipo gárgola, verdes, grises, blancos, rojos...). Su interferencia mental es muy potente y dependiendo de la condición tienen bastante potencia energética. Dicen que los hay benefactores y colaboradores con la humanidad (nosotros no los hemos *visto*), pero hacemos mención a los *injerentes* sobre esta realidad. Habría mucho que hablar sobre estas *razas*, sus supuestas civilizaciones e intenciones, pero como hemos dicho esto solo es una enumeración inicial esquemática.

Ocupan un amplio espectro extradimensional, moviéndose entre dimensiones, aunque algunos para permanecer en nuestra dimensión física requieren de un gran gasto energético y solo permanecen temporalmente; de ahí la recolección de loosh y rituales en algunos casos. Parece uno de los modelos de entidad preferidos por los arcontes jerarcas o deidades para establecer planetas o matrixs prisión.

Algunos permanecen en bases y ciudades subterráneas, físicas y etéricas, pues parece ser que algunas razas coexisten en el planeta de forma física (y en zonas submarinas). También hay indicios de que algunos de los antiguos reptiloides anunnaki han permanecido con vida y perduran hoy día de forma muy oculta.

Parece ser que algunos "humanos" pertenecientes a noblezas y grupos de poder, están fuertemente parasitados y custodiados por estas entidades (de forma etérica; aunque hay quien dice que los han visto físicamente camuflados). No vamos a entrar aquí (de momento al menos) en los casos de seres camuflados y disfrazados como personas con hologramas o tecnología de algún tipo, ni en la hibridación reptil con algunas castas familiares, druídicas y regentes planetarios. A veces una fuerte parasitación produce que los rasgos de la persona huésped adopten la forma del parasito reptil (aunque hay quien dice que también los ha visto transformándose físicamente de un ser reptil a persona o viceversa).

En casos de inoculación (*posesión* para entendernos, pero no como se venden las posesiones), se perciben algunos de esos rasgos, principalmente los ojos, que adquieren como forma de ojos reptiles puntualmente.

Lo que nos ocupa ahora, la acoplación, interferencia o parasitación etérica de estos seres, puede ser muy potente y de muchos tipos.

Pueden acoplarse directamente, inducir y controlar a distancia, *poseer*, manipular a través de las religiones, cultos, contactados, new age, etc., controlar mentalmente, invadir el mundo onírico e implantar ideas, e incluso fusionarse con otras entidades para utilizarlas en aparente simbiosis.

Por ejemplo, el caso narrado en la película *El Ente*, donde una mujer era reiteradamente acosada y violada por una entidad invisible que la seguía aunque se mudase de vivienda.

Tenemos la sospecha que se trataba de algún tipo de *espíritu obsesor* obsesionado con el sexo, y una entidad reptil se fusionaría con él para, a través de la capacidad mediúmnica de la mujer, poder manifestarse en cierto grado de fisicalidad y violarla para alimentarse de esa energía sexual.

REPTILOIDE BLANCO

Aunque no es común *encontrarlos*, hacemos un apunte al haber tenido cierta experiencia con ellos.

Son considerados por algunos como reptilianos de mayor grado y según dicen pretenden ser amigables con la humanidad, pretendiendo ayudar y enseñar. De hecho, encontramos contactados con este tipo de seres o criaturas a los cuales les ha afectado esa comunicación en mayor grado a su vida (como sucede con muchos contactados), acentuándose su *espiritualidad* y hasta obteniendo, parece ser, algún tipo de capacidad psíquica y expansión de la consciencia.

De hecho, cuando se *aparecen*, suelen esbozar un sonrisa pretendiendo ser amigables (así lo narran también algunos casos de contactados que hasta los han sentido físicamente y fotografiado).

Según nuestra experiencia, su aspecto es una carcasa para una entidad oscura interdimensional en su interior, y a su vez es manejado y controlado por otras entidades interdimensionales ocultas externamente (como ocurre también con algunos aliens del tipo nórdico y otros; y como se pretende hacer con las nuevas generaciones de hibridación alien/humana).

Estas entidades interdimensionales son muy parecidas a las que estarían en el interior de algunos híbridos, los cuales también usarían como carcasas. Por tanto, ya sabríamos quiénes realmente serían los controladores, lo que hay por detrás.

No fiarse de las *sonrisas* y los *amiguismos* es un buen consejo.

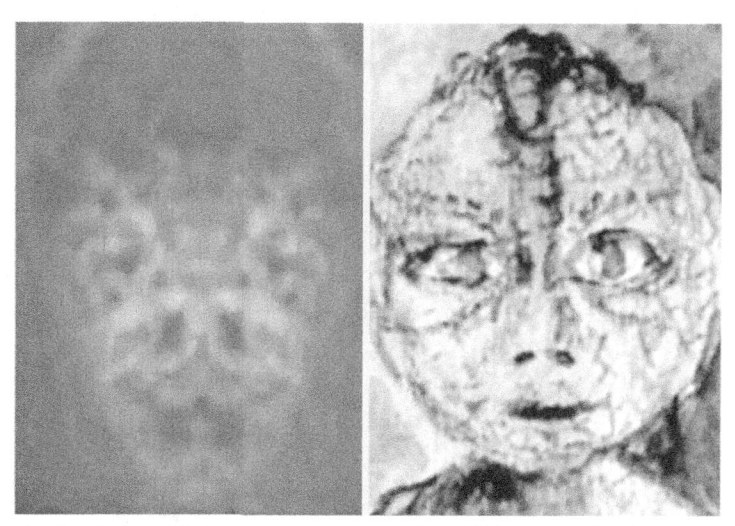

Izquierda: Fotografía a un supuesto reptiliano blanco realizada por un contactado; del canal *El conocimiento prohibido*. Derecha: Dibujo realizado por un supuesto niño híbrido de un reptiliano; web *hybridchildrencommunity.com*.

Parasitación y control por un reptiliano.

NÓRDICOS

Aunque no se suelen encontrar estos tipos de seres acoplados de forma parasitaria a una persona como tales, los anotamos porque su interferencia sobre el planeta es notable y forman parte de las diferentes facciones en disputa (aunque sí hemos encontrado entidades con aspecto nórdico en proceso de acoplación).

A distancia, por canalización, por mensajes y a través de otros seres, su manipulación y control se da de múltiples formas. Los hay rubios, platinos, albinos, rojizos, más altos, más bajos, con grandes cráneos, sin facciones en el rostro, de aspecto angelical y hasta de morfología gigante.

Normalmente, como hemos mencionado, estos *trajes* o configuraciones varias (aunque puedan existir diferentes razas), son coberturas para entidades interdimensionales que adoptan esas apariencias.

PORTALES DIMENSIONALES

Como su nombre indica, son espacios, huecos, o aperturas, por el que se puede pasar de una dimensión a otra.

Son utilizados por las entidades para *moverse* entre dimensiones. Su detección tiene importancia pues los lugares con estos portales son un *coladero* para todo tipo de estas substancias interdimensionales, creación de comederos energéticos, corrupción de habitáculos (lo que se llaman *casas encantadas*), atracción de energías negativas, e incluso el paso de entidades de mayor rango.

Estos portales se pueden crear con tecnología, por acumulación de energía densa residual, o por concentración de energía de forma inconsciente o a propósito a través de rituales, prácticas esotéricas, meditaciones o diferentes medios.

Recomendamos no intentar abrir este tipo de portales aunque creamos que es para un propósito positivo (esta es una trampa típica de las entidades arcónticas: congregar un grupo de personas con la intención de realizar una actividad energética, para abrir un portal pensando que están realizando un bien; los que lo realizan para realizar un mal son engañados de forma que se creen que los recompensarán).

Si abrimos o encontramos algunos de estos portales, es recomendable cerrar y nunca dejar portales abiertos.

Una forma práctica de cerrarlos es: realizar el ejercicio de protección y limpieza energética explicado más adelante. Con la energía de nuestra alma, la de la Fuente Original, y toda nuestra intención, visualizar y sentir que quemamos la energía del portal y de alrededor, y que ponemos un muro o pared de esta energía (visualizando también que el portal se cierra como si fuese una puerta), decretando si es necesario algo como: –este portal queda ahora cerrado y sellado con la energía de la Fuente Original, sin que se pueda volver a abrir-.

IMPLANTES ETÉRICOS

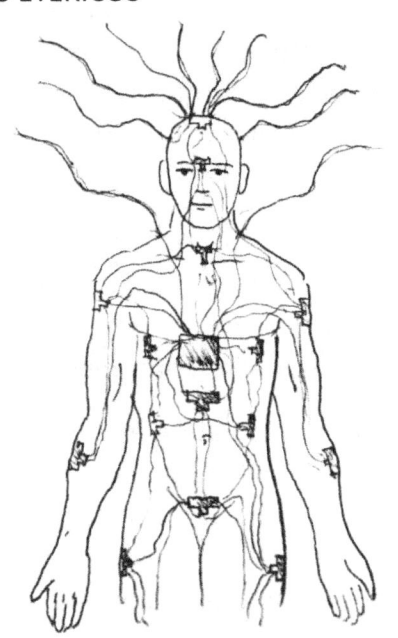

Consideramos esta parte muy importante dentro de todo el tema de la parasitología en la interferencia alien, arcóntica e interdimensional, ya que prácticamente toda la población mundial tiene, o ha tenido, algún tipo de implante etérico.

Podemos considerarlos como conjuntos de información y programación codificadas energéticamente a modo de chips o artilugios, microchips, larvas implantarias, cableados, apéndices (cascos, corazas, antenas, etc.), nanoimplantes, líquidos, esferas de control...: tecnología etérica. Vienen insertados en el campo aurico y energético de la persona y tienen diferentes rangos de frecuencia. Dependiendo de la consciencia, se podrán percibir de un tipo u otros (por eso la activación álmica, la energía de la Fuente Original, abarcará mayor espectro de frecuencias y mayor extensión en el campo aurico).

Según algunos autores venimos ya implantados desde el momento del nacimiento, teniendo estas incrustaciones diferentes programas y propósitos. Algunos, por ejemplo, son implantes para obligarnos a reencarnar, otros para dificultar la conexión a tierra, otros como control y seguimiento...

Son una forma muy común de injerencia, provocándonos cansancio, pereza, emociones absurdas, mayor sometimiento a la mente colmena grupal, control mental, dificultad para la activación energética, menoscabar la salud, por ejemplo, y multitud de programas.

Es relativamente fácil implantar un aura. Solo hay que crear etéricamente lo que se quiera insertar, como un símbolo con un programa determinado, un *objeto*, una forma de pensamiento... Incluso solamente llevando ese *implante* dibujado en un papel (a modo de estampita), es como llevar puesto el implante, además del consiguiente posible y probable contrato energético. Como vemos está todo relacionado.

Algunos de estos implantes se crean por terapeutas o sanadores para ayudar o sanar. Nuestra opinión es que para utilizar esto hay que tener mucha prudencia y nivel de consciencia, para no caer en lo que venimos relatando en todo este manual.

También encontramos implantes en lugares y en ambientes, como las HUEVAS OSCURAS y HUEVAS DRACO, que se dejan ocultas en sitios interesados para absorber energía, modificar el ánimo, atraer energía oscura, y para crear interferencias y dudas mentales potentes, haciéndonos dudar de nosotros y apartándonos de nuestros propósitos.

La implantología etérica está oculta en diferentes fases y densidades, no encontrándose siempre todos los niveles de estas inserciones. Para retirarlos adecuadamente haría falta una especie de cirugía aurica en principio. Como hemos dicho, la activación álmica facilita mucho esto.

Aun así, el aumento de consciencia de la persona y el nivel energético elevado, hacen que estos implantes muchas veces no consigan sus propósitos, se desactiven o se quemen. Dese cuenta que a pesar del máximo intento de control sobre los humanos, les cuesta mucho y no pueden cesar en sus distorsiones y manipulaciones constantes.

Como sugerencia, hasta que sepamos extraernos estos *chismes* o nos los extraigan, realizando el ejercicio de protección y limpieza energética explicado más adelante, una vez estamos envueltos en nuestra energía álmica, la de la Fuente Original, con toda nuestra intención, podemos visualizar y sentir cómo todos estos implantes se queman con esta energía y toda *cosa* insertada o *puesta* en nuestro campo aurico, es desactivada, quemada y desintegrada. Tras esta sugerencia algunos amigos, realizando esto, no presentaban implantes.

DECODIFICACIÓN Y REORGANIZACIÓN DE FLUJOS DE ENERGÍA E INFORMACIÓN DEL ÉTER

SINTONIZACIÓN ÁLMICA/ETÉRICA

NUESTRO CAMPO ENERGÉTICO

-MORFOLOGÍA BÁSICA DEL CAMPO ENERGÉTICO.
Existen muchos libros y estudios sobre el modelo energético que ostentan nuestros cuerpos físicos. Teniendo en cuenta que la materia física también es energía/vibración en una determinada densidad, todo nuestro cuerpo es energía.

El modelo etérico/energético que precede al cuerpo físico es como la plantilla que define la forma o características que tendrá después físicamente, definido por el código genético que sería como el enlace entre la codificación etérica y física.

El cuerpo contiene (o estos contienen al cuerpo) multitud de meridianos o canales energéticos que lo recorren entero y nutren todos los tejidos y órganos de energía vital o Ki (existen diferentes tipos de Ki), así como nadis y chakras (vórtices o puntos de concentración o conexión e intercambio de energía). El tejido miofascial intramuscular es parte del soporte físico principal para el circuito energético más liviano.

Es de vital importancia tener un sistema energético fuerte y sano, los canales energéticos abiertos y en buen funcionamiento. El modelo de vida social imperante actualmente está diseñado para mermar el sistema energético y atrofiar el cuerpo, haciéndonos dependientes de medicamentos antinaturales y química disonante con nuestro campo.

-EL CAMPO ENERGÉTICO Y AURA.
Nosotros consideramos todo el cuerpo energía. Desde lo físico hasta lo sutil y etérico, teniendo cada uno su forma de tratar determinada e interconectada.

Podemos utilizar el término aura para entendernos, aunque preferimos usar campo energético englobando todo (aura, cuerpo físico, cuerpos sutiles, extensiones interdimensionales y extratemporales).

Vamos a entender por aura al campo energético que se extiende alrededor de nuestro cuerpo y que es fácilmente perceptible incluso con la vista.

Según la disciplina o autor que se estudie, dividirán el aura y cuerpos sutiles en varios tipos como cuerpo mental, espiritual y ánima, o cuerpo astral, mental, espiritual y etérico, por ejemplo.

Otros asocian cada capa del aura a un chakra principal del cuerpo (los siete chakras principales). Para unos el aura es un huevo energético que rodea el cuerpo y para otros un flujo toroidal que recorre el cuerpo energéticamente en un circuito de flujos de entrada y salida.

Depende de la percepción de cada cual, cada uno tiene parte de razón. Por experiencia, podemos afirmar que la energía se expande en forma circular en flujos fractales infinitos.

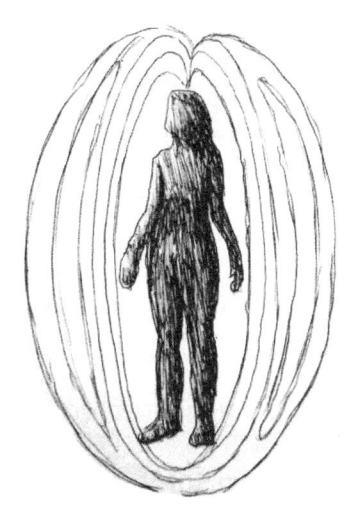

Campo energético circundante al cuerpo físico, huevo aurico o aura.

Para nuestra práctica (sintonización álmica), consideramos el campo energético como un todo y el aura parte de él, como una energía semiesférica superpuesta alrededor del cuerpo.

Esta energía podemos entenderla como por capas o rangos de frecuencia, densificándose conforme se acercan al cuerpo y siendo cada vez más sutiles conforme se alejan.

Estas múltiples capas áuricas serían infinitas y se expandirían extradimensionalmente y extratemporalmente.

Pero a efectos prácticos iniciales solo trabajaremos con la parte más cercana al cuerpo, por así decirlo. En niveles más avanzados se entra en el resto de capas y en sus extensiones.

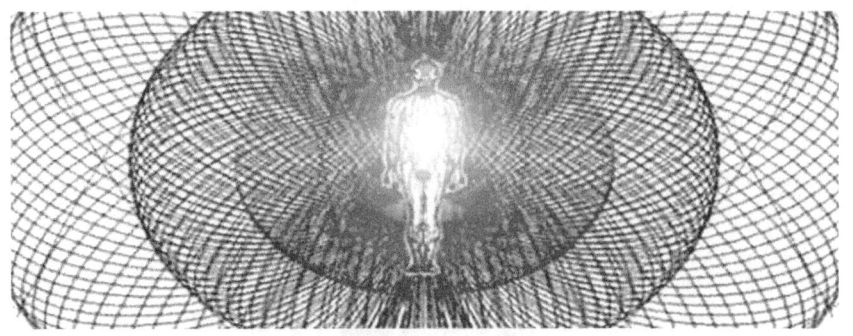

Campo aurico expandido.

-RECOMENDACIÓN PARA EL MANTENIMIENTO DEL CUERPO.

Para tener un cuerpo y sistema energético sano, así como para poder realizar más correctamente el método de decodificación energética, recomendamos un buen tratamiento de Shiatsu o Kiatsu, fisioterapia miofascial (elegir siempre buenos profesionales), quiropráctica para un buen funcionamiento del sistema nervioso, y una actividad física que implique el desarrollo de fuerza, elasticidad y el tratamiento de la energía, como Chi Kung o Yoga, o algún arte marcial interno como Wing Chun, Aikido o Dayto ryu aiKijujutsu (igualmente elegir buenas escuelas, no todas son iguales y al realizar estas prácticas protegerse y desconectarse de cualquier red parasitaria).

También entrenamiento físico que implique las fascias. Siempre con protección y desconexión de cualquier fuente de energía parasitaria o parásitos energéticos que aprovechan estas actividades para su acoplamiento.

-NUESTRO MODELO ENERGÉTICO PRÁCTICO.

Una vez conocidos y estudiados los conceptos básicos, utilizamos un sistema simplificado que implica la activación de nuestro campo energético completo (algunos lo llaman merkaba, pero no nos gusta ese término pues suele emplear geometría y ha sido corrompido en algunas prácticas meditativas).

1.- Empleamos como centro energético base **el alma**, la fractal de la Fuente Original que somos, identificándonos con esa fractal incluso antes que con nuestro campo mental, que es el ego y el mayormente manipulado.

Para tener una ubicación física de referencia, podemos ubicarla en el pecho o plexo solar, según nos sintamos más cómodos. En lo más profundo de nuestro pecho, hacia adentro de forma infinita, y expandiéndose hacia afuera también de forma infinita.

Ese es el centro de referencia y que nutrirá todos los demás con la energía de la Fuente Original.

2.- También activaremos **el hara** o tan dien inferior, ubicado físicamente en el bajo vientre por debajo del ombligo, conectado a la fuente universal de Ki, que forma parte de la Fuente Original. Lo sentimos en lo más profundo de nuestro bajo vientre, hacia adentro de forma infinita, y expandiéndose hacia afuera también de forma infinita. Estará conectado con el centro del pecho y controlado por el alma.

3.- Y también activaremos de forma controlada la **glándula pineal** como centro energético de control del campo mental y conexión con la realidad multidimensional, conectada con el alma. Es conveniente su limpieza y cuidado. Esta tiende a calcificarse, perder facultades con el tiempo y por los tóxicos que consumimos, estando su pérdida de facultades dentro del diseño social y de consumo de los controladores. Podemos hallar fácilmente recomendaciones para una desintoxicación y descalcificación de la glándula pineal como evitar el flúor (cuidado con el agua fluorada), tomar una serie de alimentos y complementos que ayuden a ello, vitamina C, D, K, B, triptófano, chlorella, tulsi, piña, y más recomendaciones que se pueden encontrar.

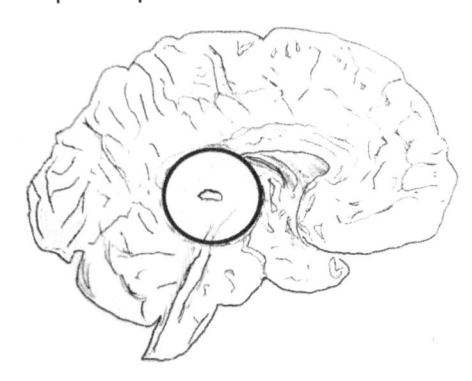

Estos tres centros están conectados entre sí y al sentir/activar el alma se debería coactivar todos automáticamente. A nivel corporal están interconectados por el canal energético central o sushumna que se superpone a la columna vertebral.

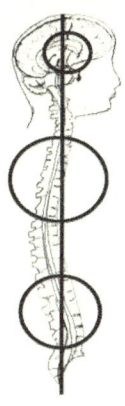

Recorrido del sushumna por el eje central del cuerpo.

Aunque sin el protagonismo que le dan en otras disciplinas, están implicados los siete chakras generales/principales del cuerpo, que emplearemos en la activación completa del campo energético. Una vez se tenga la suficiente práctica, la activación álmica y del campo energético será automática.

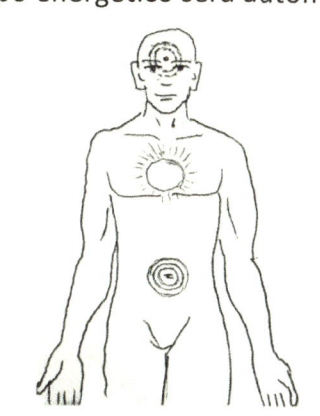

Los tres centros energéticos. 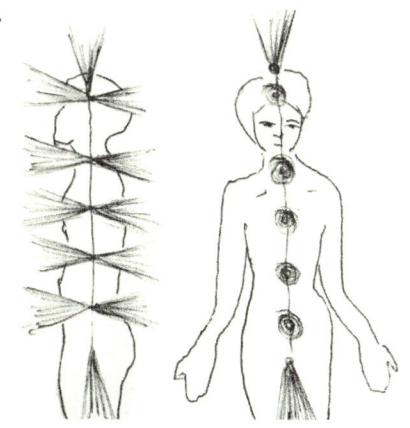   Los siete chakras principales.

-LA DIVISIÓN CUERPO, MENTE, ALMA Y SU FUSIÓN.

Una de las de las mayores interferencias e intervención de los controladores sobre los humanos es el diseño de estilo de vida, sociedad, control mental, manipulación energética y genética para que tengamos una constante división y separación entre cuerpo, mente y alma, alejándonos de nuestro pleno potencial. Facultad que sí tendría el Humano Primordial.

Nos identificamos con nuestra mente y nuestros pensamientos, con nuestro ego, dándole un papel protagonista durante nuestra vida biológica/física y considerándolo algo independiente a lo espiritual. Creemos que nuestra personalidad es nuestra mente y esta nos gobierna porque la dejamos.

Además, la mente cada vez la desligamos y alejamos más del cuerpo perdiendo así cada vez más nuestro control corporal e incluso llegando a creer que la mente no tiene ninguna influencia sobre él o lo físico.

Y ya no digamos sobre el alma. Muchos no saben ni lo que es u otros creen que no existen reinando la confusión sobre ella, dándole un papel totalmente secundario y si acaso asociado a algún culto o religión.

Nos encontramos así fragmentados y dentro del sistema de control de almas.

El alma, fractal de la Fuente Original que somos, debería tener el papel principal en todo el conjunto, rigiendo nuestra existencia ya que realmente eso es lo que somos primordialmente. La mente, la personalidad y el ego mental, son receptores, herramientas para desenvolvernos en la realidad de materia física (y quizá en otras realidades; también forman parte del implante añadido del sistema de control). El cuerpo es el receptáculo o soporte de nosotros mismos, del alma.

Lo aprendido durante la existencia física u otras existencias, debería ir incorporándose al alma como parte de su campo y deberíamos tender a la fusión de las tres partes, alma, mente y cuerpo. Desarrollaríamos así nuestro potencial pleno en una existencia multidimensional, pudiendo acceder a la información álmica, la registrada en la Fuente Original durante billones de existencias temporales y atemporales.

-CANAL ENERGÉTICO, CANAL MEDIÚMNICO Y CANALIZACIONES.
Una de las capacidades naturales que tenemos, pero que se vende como sobrenatural, es el poder comunicar con entidades en otros planos. Algunos tienen más desarrollado esta capacidad que otros dependiendo de su sensibilidad, estado de la glándula pineal, gestión de la energía, apertura mental, etc. (o por manipulación para ser interferidos y controlados).

El desconocimiento general que hay sobre esta facultad hace que las entidades se aprovechen y manipulen constantemente al supuesto médium o canalizador, que lo que hace es prestar su cuerpo o mente para dejar entrar a veces una información, a veces una proyección mental y hasta a veces a una entidad, para recibir una información o comunicación, generalmente.

Se suele usar el canal energético asociado al séptimo chakra que erróneamente (según nuestro criterio actual) en algunas prácticas enseñan a proyectar hacia arriba verticalmente como un rayo de luz.

No estamos a favor de la canalización con entidades pues lo consideramos invasivo, manipulativo, cedemos nuestra mente y cuerpo, casi como en una posesión, a algo externo que desconocemos y va impregnando y "arrinconando" el alma hasta que su prevalencia va desapareciendo; los resultados pueden ser *peligrosos*.

Puede ocurrir lo mismo con ciertas sesiones de hipnosis y prácticas de comunicación con entidades sin la debida seguridad, experiencia o no controladas. Además, estas sesiones son aprovechadas por las entidades para implantaciones de todo tipo y parasitaciones energéticas.

-ACTIVACIÓN DEL CAMPO ENERGÉTICO.
Para un estilo de vida saludable y pleno, deberíamos tener la costumbre de tener siempre el campo energético activo y regirnos cada vez más por la esencia álmica.

En los ejercicios de conexión/activación veremos una forma consciente de activación que será la base para todo lo demás.

-EMPODERAMIENTO Y AUTOSUFICIENCIA.
Una de las grandes manipulaciones y engaños creados en el sistema de control es el sentirnos impotentes, buscar siempre ayuda al no sentirnos capaces y tener necesidad de algo "externo": Dios nos cuida y protege, el Estado nos cuida y protege, la sanidad y medicina nos cuida y protege, la policía nos cuida y protege... Se ha creado la necesidad constante de una figura de autoridad externa en la que ceder nuestra soberanía y

autosuficiencia, que nos guíe, que nos diga lo que tenemos que hacer y cómo.

Esa cesión de poder y falta de creencia en nuestras propias capacidades es una de las primeras barreras que hay que derribar en todos los sentidos.

Pero esto no es fácil. Como siempre decimos requiere disciplina, esfuerzo y mucho trabajo ¿Creemos que es fácil liberarse de un sistema de control que lleva millones de años implantado? ¿Qué vamos a hacer, esperar que venga alguien a liberarnos?

¡Empodérate! ¡Somos la Fuente Original y tenemos todo el poder! Estamos limitados por la matrix, la 3D y los avatares manipulados genéticamente. Pero, aun así, tenemos mucha fuerza y poder, ilimitada si queremos. Si no, no harían tantos esfuerzos, engaños, manipulaciones, diseños, eventos y todo tipo de estrategias para tenernos sometidos voluntariamente.

Lógicamente, habrá momentos en los que necesitemos que nos instruyan, aprender o pedir ayuda a alguien. Pero no debe ser motivado por el miedo, la pereza, la displicencia o la falta de creencia en nosotros mismos. No es malo pedir ayuda cuando realmente haga falta. Pero hay que salir de la programación de necesidad total y falta de soberanía.

Un abogado sabrá más derecho que nosotros, en su caso; un entrenador personal debería saber más sobre los músculos que nosotros, en su caso; y alguien que practique la Sintonización Álmica puede remover y expulsar entidades. Cada cual tiene sus virtudes y se mueve en sus diversos campos. Pero no es lo mismo contratar un servicio que esperar ayuda porque no nos atrevamos a dar el paso de salir del círculo de confort. Una ayuda que no nos hemos ganado. De hecho, cuando pedimos ayuda *a quien no debemos*, recordemos el resultado del contrato energético.

En la situación planetaria actual (estamos en mayo de 2021), donde la oscuridad se está implantado en todo el mundo y donde la humanidad se está jugando su libertad definitivamente, qué vamos a hacer ¿esperar que nos salven los americanos? ¿Esperar que nos salven los extraterrestres buenos? ¿Que venga un nuevo mesías? ¿Que nos manipulen el ADN para ascender a quinta dimensión y salvarnos? Todo esperar algo externo que nos salve y proteja como pobres seres desamparados (y todo engaños para seguir dependientes en el sistema de control).

Cada cual, dentro de sus posibilidades, por pequeño que sea el acto, debe tomar la iniciativa, activarse, salir del sueño, mirar en su interior que es donde hay que mirar y recuperar su poder. La divinidad está en nosotros, no fuera. Desprográmese, actúe.

-SINTONIZACIÓN ÁLMICA.
Todo en el omnimultiverso, por lo menos en el conocido o que podamos llegar a imaginar, es energía y vibración. Esta energía se va distribuyendo en frecuencias, rangos frecuenciales y de onda, y en ellos se pueden cifrar *datos* por un emisor o cifrador y ser interpretados por un perceptor o descifrador. Es una forma sencilla de poder explicar la *creación* y percepción de una realidad o su contenido.

Siendo bien conscientes de nuestra naturaleza álmica en conexión/pertenencia con la Fuente Original y tras un entrenamiento, podemos ser capaces de acceder, visualizar y sentir un cada vez más alto rango frecuencial, utilizando la energía de la Fuente (Origen Primordial) para acceder a los datos que se encuentran registrados y codificados en los flujos de energía o éter que inundan todas las frecuencias y todas las realidades.

Estos datos serán interpretados mentalmente dependiendo de nuestro nivel de conocimiento, entendimiento, consciencia y experiencia. Influyen muchos factores a la hora de interpretar y traducir datos e imágenes, pero la experiencia y el aprendizaje harán que nos vayamos focalizando en lo que necesitemos en cada momento.

DECODIFICACIÓN

Un ejemplo de esto sería el ver una fotografía. Una fotografía es una imagen formada por miles de puntos (píxeles) de colores agrupados entre sí. Al mirarla de una determinada forma y distancia, la mente no interpreta que ve puntos y colores al azar, sino que hace una decodificación e interpreta una imagen determinada que podamos reconocer asociado a algo que ya conocemos, o intentándolo identificar con algún registro mental previo. Por eso no solo vemos manchas de colores agrupadas, sino que le damos un significado.

Si ahora esta foto la enviamos por bluetooth, por ejemplo, la foto se codifica en datos digitales (que serían por ejemplo unos y ceros en lenguaje binario) y queda suspendida en una frecuencia electromagnética como datos en el ambiente, que ni vemos ni percibimos a priori. Necesitaríamos un receptor, un teléfono o aparato con bluetooth, capaz de recibir esa información "flotante" en ese flujo de energía e interpretarla, decodificarla, como una imagen, que ya dependiendo del aparato, se verá con una calidad u otra, de forma más o menos nítida.

Pues algo parecido sería el sistema de Sintonización Álmica, que se podría definir también como *visión remota* (aunque no es exactamente eso). Gracias a la *conexión* con la Fuente Original podemos sintonizar con flujos de datos de diferentes realidades y llegar a interpretarlos.

REORGANIZACIÓN

Además de interpretarlos, podemos modificarlos, reorganizarlos, direccionar la energía mediante la imaginación, la intención, la voluntad y el sentimiento.

Es así como por ejemplo se realizan las limpiezas energéticas, remoción de entidades parasitarias, cierres de portales dimensionales, protecciones energéticas, desimplantación, y muchas otras posibilidades.

Todo ello no es fácil debido a las limitaciones impuestas por nuestro avatar físico y nuestras limitaciones mentales. Hay cosas que la mente todavía no está preparada para entender o interpretar y cada cual interpretará según su *nivel* de consciencia (no hay niveles superiores ni inferiores, solo práctica y experiencia). Es una facultad que todos los seres almados pueden desarrollar y que hasta debería ser innata.

LA DEMOSTRACIÓN "CIENTÍFICA"

Como veremos, uno de los pocos medios físicos que utilizamos para focalizar, detectar e interpretar campos energéticos son las varillas de radiestesia, siempre en Activación Álmica. Estas varillas se mueven y reaccionan dependiendo del campo energético que detecten.

Las varillas unidas a nuestra percepción adquieren un movimiento y posición diferente (código) según el estado energético de cada campo (mayor o menor grado de distorsión). Se puede decir que son una "demostración" física de que "algo hay". Que es *comprobable*.

Si un número suficiente de intérpretes sintonizando álmicamente y usando las varillas sobre el mismo sujeto para captar e interpretar su campo energético de forma aislada, llegan al mismo resultado o código de movimiento de las varillas, es decir, no es una interpretación subjetiva de una imagen mental, sino una demostración objetiva que cualquiera puede ver, y tras una limpieza energética todos los intérpretes con sus varillas interpretan un nuevo código, el mismo o similar, se podría decir que es *verificable*.

Y si esta prueba se puede volver a realizar con diferentes sujetos por los mismos intérpretes o por otros nuevos dando los mismo resultados o similares, podemos decir que es *reproducible*.

Por tanto, sería comprobable, verificable y reproducible. Y de hecho lo es.

Podríamos decir hasta que, de este modo, puede tener un cierto enfoque científico, demostrable. Aunque para nada pretendemos ese encasillamiento: siempre buscamos el crecimiento, la expansión de nuestra esencia. Aunque hayamos establecido un "método" predeterminado y catalogado con un cierto protocolo para poder introducirlo y estudiarlo, una vez dominado y asimilado, cada uno debería desarrollar sus capacidades y propios métodos, pero teniendo en cuenta las bases.

En futuros trabajos más prácticos desarrollaremos todo esto: empleo de las varillas de radiestesia (no somos amigos del péndulo u otros medios similares) con todas sus precauciones, visualización, protocolos de limpieza y remoción, acceso a información álmica, y un largo etcétera. Este primer volumen y la información propuesta es la información básica necesaria (el nivel base podríamos decir), para acceder, ampliar la consciencia, e ir desarrollando las capacidades. Los ejercicios ahora expuestos son esenciales.

Aun así, quien no pretenda profundizar tiene la información esquemática para darse cuenta de la realidad ficticia que habitamos y la auténtica naturaleza del ser humano.

Los talleres presenciales y charlas son herramientas importantes; la interconexión y contacto humano.

PRECAUCIONES BÁSICAS. PRÁCTICAS A EVITAR PARA LA LIBERACIÓN DEL SISTEMA DE CONTROL

-PROTECCIÓN CONSTANTE.

Una vez sabido cómo funciona y de qué forma el sistema energético, la multidimensionalidad y la parasitación arcóntica, hay que aprender y adoptar como rutina el estar activados álmicamente constantemente.

En estado de conexión constante con la Fuente Original y con nuestra protección energética siempre activa, así como el camuflaje y ocultación de vibración. Esto hará que nuestro ADN se vaya desarrollando, expandiendo y activando de forma natural, así como nuestra consciencia.

El mayor recodo es el emocional y el mental. Es ahí donde se centrarán los ataques para bajarnos las defensas. Habrá que aprender a estar siempre alerta, pero sin tensión ni estrés, sino llegando a un estado natural de relajación activa, ecuanimidad y atención serena constante.

Saber analizar las cosas que notemos que nos afecten. Aprender a ir varios pasos por delante e incluso esperarnos sus jugadas. Visión perimétrica; saber los mecanismos del control y desviación de la atención; pensamiento lateral.

-LAS BACK DOORS, CONTRATOS ENERGÉTICOS, CONEXIÓN CON ENTIDADES.

Ya hemos comentado que muchos tipos de informaciones, canalizaciones, situaciones o sincronicidades, están *diseñadas*, tienen su trampa o puerta trasera. Muchas veces la información parece totalmente cierta o coherente, pero activando el acceso a la información álmica descubriremos las escurridizas trampas que casi siempre tienen.

Una vez aceptas la información canalizada, por ejemplo, como cierta y pides a esa entidad que supuestamente te está instruyendo que te siga aportando información, estás creando lo que llamamos un "contrato energético" que dará acceso a esa entidad y su "comunidad".

Esto pasará siempre que se pida algo y sucederá así en el mundo energético (por lo menos en esta matrix), porque forma parte del sistema de control y de cesión de autosuficiencia. El truco: no pedir.

-PRECAUCIÓN EN LAS PRÁCTICAS.
    NEW AGE, REIKI, CONTACTISMO, CANALIZACIÓN, RELIGIÓN, REZO, ORACIÓN, RITUALES, UTILIZACIÓN DE UTENSILIOS SIN DESCONECTAR, MEDITACIÓN GRUPAL O GUIADA, MEDITACIÓN INDIVIDUAL SIN PROTECCIÓN...

Todas estas actividades, y muchas más, son susceptibles de parasitación, interferencia y conexión energética con entidades arcónticas. De hecho muchas han sido creadas para eso.

Para la sintonización álmica, además de una profunda limpieza, activación álmica y activación del campo energético, es necesario cesar la realización de estas actividades.

Algunas se podrán realizar adecuadamente con la debida protección y conocimiento de los riesgos.

LA FALSA LUZ Y LA OSCURIDAD, EL MISMO "ENEMIGO"

Cada vez más gente va siendo consciente y se va dando cuenta del problema al que nos enfrentamos. Estamos en una "batalla" contra y por la humanidad de la que se lleva hablando mucho tiempo pero que se ha acelerado y está en su punto álgido. La granja de almas está en disputa. De estos momentos dependerá el futuro.

Pero "gane quien gane", incluso si la humanidad queda libre de momento, los predadores seguirán alimentándose y con su juego de control pero llevado a otra escala, el que llevan realizando desde siempre al que se atan a los habitantes de esta realidad. Por eso realmente se trata de una "guerra" espiritual, energética y de consciencia, pero no hay que tratarlo como tal, como un conflicto, aunque lo sea. Porque ese conflicto y tensión constante dentro del adormecimiento y adoctrinamiento colectivo, es el que buscan para seguir generando loosh. Ya hemos aprendido y sabemos que no hay que seguirles el juego, pero sin dejarnos someter; expulsándolos. La clave: el origen, su núcleo.

Lo mismo que existe un microcosmos de bacterias, microbios y seres microscópicos que tenemos asumido y con el que convivimos, existe un macrocosmos multidimensional con multitud de seres. Algunos, como hemos expuesto en este libro de forma esquemática, han manipulado a la humanidad desde hace milenios. ¿No es hora ya de terminar con este macabro juego?

Estos temas, esta situación, no va a pasar. Nadie nos va a sacar. No es solo una curiosidad que vemos en un vídeo o leemos en un libro y nos llama la atención un rato. Hasta que entendamos esto y tengamos consciencia de la realidad no podremos liberarnos. Hay que asumirlo, al igual que la auténtica naturaleza del humano.

Por tanto es a estos seres a los que hay que anular y expulsar. Fin del juego.

Existe el Plan Primordial para la liberación de las almas en este planeta, pero requiere que las almas despierten por sí mismas y asuman su responsabilidad.

La gente muy poco a poco va despertando y se da cuenta de que la *batalla* es multinivel, de consciencia, consigo mismo, y que el nivel etérico es primordial ya que es el que ha desencadenado todo lo que sucede. Pero se pierden entre diferentes prácticas espirituales, canalizaciones, maestros, seres, etc., sin discernir e identificar la auténtica verdad. ¡No busque usted tanto fuera! ¡La verdad la tiene dentro de sí mismo!

GRUPOS DE MEDITACIÓN

Dentro de esta desorientación de la gente que empieza a despertar, se hacen llamamientos a meditaciones colectivas para transmitir luz y combatir a la oscuridad. Se va comprendiendo la naturaleza del juego, pero no los riesgos ni las trampas distorsionantes.

La meditación es una herramienta muy beneficiosa que se viene usando desde hace siglos. Pero como sucede como con casi todo en esta matrix, tiene sus riesgos. El abandono mental y el intento de conexión con algo energéticamente externo siempre tiene el riesgo de ser aprovechado para que algo se "enchufe" a esa corriente energética, se acople, o aprovechando el estado mental próximo al estado alterado de consciencia, incluso inducir imágenes, ideas, o desviaciones de nuestros objetivos iniciales, recolección de nuestra energía para su aprovechamiento y dejarnos sus implantaciones parasitarias.

Se llega muchas veces a un inducido y falso bienestar donde hasta recibimos algún tipo de mensaje o don con capacidades psíquicas en algunos casos, creyendo que un maestro o guía se comunica con nosotros, haciéndonos creer privilegiados con dones sanadores o de algún tipo incluso.

Pero esa falsa fachada energética de maestro, guía o lo que sea, es un disfraz que esconde algo a lo que quizá no nos gustaría tanto acoplarnos.

Estos riesgos se multiplican cuando además realizamos una meditación colectiva. Una meditación guiada y realizada por varias personas a la vez, con algún objetivo común como la apertura de portales dimensionales, pedir que vengan los hermanos galácticos para ayudarlos (invocaciones) o pedir u orar por algo o alguien, es campo abonado para entidades parasitarias, abriéndoles la puerta voluntariamente y en masa, realizándoles el trabajo, atrayéndolos y cayendo en nuestra propia trampa, ofreciéndoles un recolector de energía gratis.

Igualmente sucede al irse a rezar a algún lugar de culto o incluso en tu propia casa. Siempre pidiendo a algo externo sin creer en la propia fuerza de tu alma. Siempre pidiendo auxilio, pero sin hacernos merecedores de él. Creando comederos energéticos, recolectores de loosh.

PARASITACIÓN EN PRÁCTICAS MEDITATIVAS/ESPIRITUALES

Hay muchos *bichos* y seres que utilizan estos grupos y estas prácticas para recolectar y apartar a la gente del auténtico despertar de la consciencia. Uno de los más comunes son los del tipo insectoide o mantis que recolectan y parasitan energía para sus colmenas o nidos etéricos que están conectados a sus deidades mayores o reinas, habiendo varios tipos de estos insectoides. También se les ha visto en regresiones hipnóticas, abducciones y encuentros cercanos. Es típico en la casuística.

Se han percibido en todo tipo de meditaciones y prácticas energéticas como por ejemplo grupos de Yoga o Reiki. También estos seres pueden estar relacionados con los estados alterados de consciencia y el consumo de drogas, además de otros que se aprovechan de estos estados de puertas abiertas.

DESCONECTÁNDONOS DEL CONTROL

Para que no ocurra esto lo importante es la atención constante y disciplina, pero sin estrés ni miedo. Tomar consciencia, romper los paradigmas, los cultos sometedores, salir del círculo de confort del sometimiento, adoctrinamiento y la displicencia, asumir la auténtica naturaleza del humano como parte de la Fuente.

La clave sería despertar la consciencia individual, despertar a la realidad de la Fuente Original, cambiar el paradigma hasta si creemos que ya estamos despiertos, adaptar el ego a nuevas informaciones y energías por mucho que sepamos o creamos saber, y una vez comprendamos e incorporemos, realizar las acciones individualmente.

En este libro estas acciones vienen descritas como Ejercicios. Todos son importantes y básicos. Recomendamos realizar todos en orden, pues se van dando claves progresivamente e incluso corresponden a una suerte de "entrenamiento" progesivo, donde toda la parte anterior del libro es la pequeña base teórica y conceptual para poder realizarlos. Ahora mismo hay herramientas suficientes para un despertar consciente, palabra que no paramos de usar: despertar y consciencia.

CONTRAATAQUE

Una vez asimilada la práctica individual, protegidos y con la intención y conocimiento de los riesgos que enfrentamos, sí podrían quedar varios para realizar acciones individuales, pero de forma conjunta, incluso cuantos más mejor. Hasta quedar a la misma hora para realizarlo (no hace falta en el mismo lugar).

Pues es cierto que si una avispa pica hace mucho daño, pero si pica todo un enjambre, prácticamente es imparable. En el Ejercicio de Contraataque se dan herramientas y sugerencias.

Se podría por ejemplo concretar una acción determinada con el mismo Ejercicio: expulsar la oscuridad de una ciudad e inundarla de energía armónica de la Fuente Original, bombardear y quemar con energía de la Fuente un objetivo determinado, inundar el interior de la Tierra de esa luz y quemar toda energía negativa en ella, expulsar entidades invasivas, deshacer la barrera de sometimiento que cubre la Tierra, etc.

Hay muchas posibilidades con las herramientas dadas.

PAUTAS A TENER EN CUENTA EN LA MEDITACIÓN

Reiteramos los riesgos de la práctica de las meditaciones colectivas o individuales sin la debida protección y sin tener conocimiento de ellos.

Para salir del sistema de control hay que cerrarles las puertas de todo tipo a estas entidades que intentarán infiltrarse de cualquier modo.

Nuestra sugerencia si se medita es:

-Estar protegido en todo momento (como siempre exponemos, con la activación álmica; no protegerse pidiendo a nada ni nadie que nos proteja).

-Ante la duda no conectar con nada externo y no dejar entrar nada en nosotros (por "bueno" que parezca).

-Se puede hacer "toma de tierra" (con los pies puestos en el suelo) enraizando a tierra (visualizando raíces energéticas que salen de las plantas de los pies y penetran en la tierra) pero sin buscar la *conexión* con algo. El intercambio de energía se realizará de forma natural.

-Ignorar interferencias, tener mucha prudencia con el objetivo de la meditación y forma de realizarlo.

-Tener "buenas sensaciones" no quiere decir que lo que esté sucediendo sea "bueno", pues las entidades saben imitar vibraciones de "paz y amor" y nos pueden estar dejando su *regalito* (un bonito implante etérico o una conexión parasitaria).

-No invocar ni pedir, pues podemos caer en la trampa del "contrato energético" (y no es una cuestión de "ego", como parece que quieren vender).

-No intentar abrir portales dimensionales ni para intentar traer "algo bueno". Pueden ser usados por *cualquiera* (típica trampa). Hacen creer a los intervinientes que realizan algo positivo, pero los manejan para así ahorrarles el trabajo y atraerlos directamente.

-Utilizar nuestra energía álmica/de la Fuente Original, siendo conscientes de lo que es (este término también ha sido distorsionado y hay que tenerlo claro: Origen Primordial). Empoderarnos y ser soberanos.

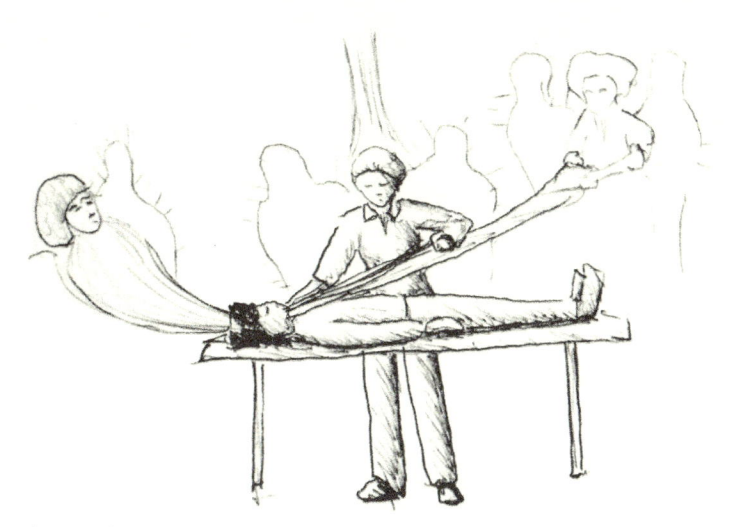

Realizando la práctica por ejemplo del Reiki, según del modo que se realice, esto es lo que puede suceder. Falsos guías y falsos seres de luz (o seres de luz parasitarios), utilizan al usuario de canal para implantar y parasitar al paciente, aunque este sea sanado de alguna dolencia.

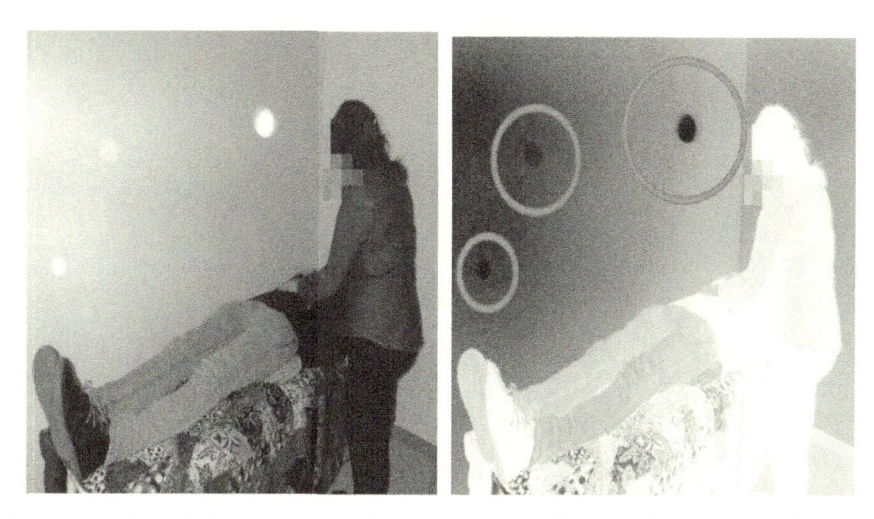

En esta sesión de Reiki se captan claramente entes (de energía oscura) en forma de orbs, interfiriendo.

EJERCICIOS ENERGÉTICOS

-EJERCICIO DE ACTIVACIÓN ÁLMICA (CONEXIÓN CON EL ORIGEN PRIMORDIAL/ FUENTE ORIGINAL).

Vamos a exponer un sencillo ejercicio para sentir la conexión con la Fuente Original, es decir, con nosotros mismos.

Este es el punto cero del que hay que partir para ser conscientes y liberarnos cada vez más de estas matrixs: ser conscientes y recuperar nuestra auténtica naturaleza, conocimiento de nosotros mismos, nuestra esencia, recuperar nuestro poder sin tener que cederlo a nada externo y sin que ningún ser, entidad o maestro supuestamente de otra dimensión superior tenga que enseñarnos ni cedernos su poder.

Recordemos el Origen Primordial como concepto y realidad, y cómo somos fractales de esa energía primigenia en avatares de densidad física atrapados en esta matrix u holograma de realidad virtual de materia tal y como la entendemos, con la programación e implantación que hemos sufrido durante milenios y cómo esta programación se va renovando alejándonos de nuestro auténtico ser.

Recordemos que cuando nos referimos a la acción de conectar, no es que tengamos que hacerlo como si enchufásemos un cable al enchufe de la pared para tomar corriente eléctrica. Es más bien la acción de tomar consciencia de nuestro empoderamiento y nuestra alma como parte y la vez todo del Origen Primordial.

Por eso, consideramos que otros ejercicios que se suelen realizar de conexión como por ejemplo con nuestro yo superior, con el creador, con el merkaba, con energía angélica, con los maestros o guías, o incluso con la fuente (a saber cuál)... normalmente, por no decir siempre, están interferidos y realmente estaríamos conectando con una energía o entidad parasitaria. Incluso si esa energía nos hace sentir bien, nos permite sanar o nos sana, o nos da un cierto conocimiento, o nos permite viajar entre dimensiones, o comunicar o canalizar con seres... Son intercambios, engaños, préstamos o contratos para entendernos en lenguaje común, para poder seguir parasitándonos y que parasitemos, para mantenernos en la granja de almas y mantengamos a los demás, incluso creyéndonos que somos libres, conscientes y que estamos realizando un bien.

Elevaciones o ascensiones a la quinta dimensión, séptima o la que sea, no son más que parte de los mismos engaños y no son más que partes de esta matrix. No quiere decir que no existan estas frecuencias, pero no son las que nos liberarían, ni mucho menos. Ya hemos comentado que si realmente si produjese un proceso de ascensión por ejemplo a quinta dimensión, lo que estaríamos haciendo es pasar de una matrix a otra.

Todo esto nos aleja de la auténtica Fuente y de nuestra auténtica esencia, pues, nuestro auténtico despertar es lo que más temen. Cuesta ver que toda esta realidad se haya diseñado para alejarnos de esa verdad en todos los niveles, pero cuando nos hagamos conscientes de esto y de que prácticamente todo lo que conocemos es un engaño programado para ello, daremos el salto de consciencia e iniciaremos el camino de la libertad y auto empoderamiento.

EJERCICIO

Comprendido esto, realicemos un primer ejercicio de toma de consciencia del concepto y realidad del Origen Primordial/Fuente Original como nosotros mismos, sabiendo y comprendiendo qué es.

Antes de empezar habremos bebido agua y estaremos bien hidratados. Preferiblemente lo realizaremos con el estómago vacío o no justo después de haber comido.

Estemos sentados en un entorno cómodo sin ruidos ni molestias, con los pies descalzos en el suelo con toma a tierra, manteniendo la espalda recta, cuerpo y mente relajados, pero sin caer en estado de sopor o sueño. En principio es preferible no tener música de fondo hasta que dominemos el ejercicio, que una vez practicado y asimilado lo podremos realizar en cualquier sitio. La iluminación puede ser tenue, aunque esto depende del gusto y la capacidad de cada uno.

Para la conexión a tierra, haremos lo siguiente: imaginamos que de la planta de nuestros pies salen como unas raíces de luz o energéticas que penetran profundamente en el suelo hasta hundirse en la tierra. No hay que conectar con ningún centro energético, centro de la Tierra, o cosas así. El intercambio de energía se producirá de forma natural.

Aunque estaremos en una especie de estado meditativo, no vamos a realizar una meditación. Hay que tener claro que no queremos ni dejaremos que ninguna entidad o ser se nos acople o acerque en esta práctica, ni que ninguna energía "externa" entre en nosotros. Podemos decretarlo verbalmente o por pensamiento.

Empezamos con varias respiraciones profundas, cada vez más lentas y profundas, llevando el aire al bajo vientre, al hara.

Tomando consciencia y sintiendo el cuerpo relajamos cabeza y rostro y así vamos bajando por todo el cuerpo relajando cuello, hombros, brazos, manos, pecho, espalda, vientre y piernas llegando hasta los pies. Sin perder la postura ni caer en sopor, manteniendo la consciencia activa y sin dar importancia a los pensamientos o interferencias mentales que nos vengan.

Llevamos nuestra atención al pecho, zona del corazón o del plexo solar, donde mejor te identifiques. No se trata de trabajar con los chakras, aunque estén implicados. Vamos a activar una energía más sutil y profunda, nuestra esencia.

En esa zona, comenzamos a sentir, identificar, e incluso visualizar, una sensación, una chispa de energía. Nuestra intención es sentirnos, sentir nuestra alma, la fractal primordial que está conectada o contenida virtualmente en nuestro cuerpo físico. Podemos decretarlo si hace falta. Al decretar no usamos fórmulas raras, simplemente decirlo o pensarlo.

Como fractal del Origen Primordial, podemos visualizar o sentir como esa energía se comprime haciéndose cada vez más pequeña, infinitamente pequeña hacia adentro, recorriendo esa conexión consigo misma, con la Fuente. Este paso al principio puede ser más difícil y podemos saltárnoslo.

Ahora notamos como esa energía se va expandiendo hacia afuera y va llenando todo nuestro cuerpo desde el pecho, como un surtidor de agua llena cabeza, rostro, y así vamos bajando por todo el cuerpo, cuello, hombros, brazos, manos, espalda, vientre y piernas llegando hasta los pies.

Seguimos expandiendo esa energía, que tenemos consciencia que es la energía de nuestra alma, expandiéndola desde el pecho hacia afuera, como un foco de luz.

Esa luz nos envuelve y podemos desear con nuestra intención, visualizando o decretando, que todo nuestro campo energético se limpie y toda la energía negativa e interferencias que estén en él sean quemadas con esta energía de la Fuente Original.

Seguimos expandiendo esta energía más a nuestro alrededor, por toda la habitación y mantenemos así un rato. Podemos expandir hasta el infinito, pero de momento es mejor dejarlo así.

Después simplemente respiramos varias veces de nuevo y volvemos poco a poco a la percepción ordinaria, y si hemos quedado muy relajados, empezamos a movernos poco a poco desde la cabeza hasta los pies antes de levantarnos.

APUNTES

Debemos tener en cuenta que esta práctica sin la consciencia de lo que es el alma y la Fuente Original que ya hemos explicado, alejado de antiguos conceptos, realmente no serviría. Igualmente no serviría si no somos seres almados, pero probablemente a un ser no almado no le llamaría la atención realizar este ejercicio.

Puede darse el caso de provocar algún tipo de sensación extraña, mareo e incluso angustia. Esto puede ser por la gran cantidad de energía manejada y no estar acostumbrados a ello, o por tener alguna entidad o parásito acoplado a la que no le viene nada bien esta energía. Si lo ves conveniente cesa la práctica.

También puede ocurrir que provoque sensaciones placenteras y de plenitud; activar tu conocimiento álmico y cada ver ser más consciente e ir transcendiendo la matrix. Hay que estar preparado para esto, pues los paradigmas empiezan a derrumbarse y puede ser traumático ver cómo hemos estado engañados tanto tiempo y la realidad no es como nos la han vendido, así como ver de lo que está plagada esta realidad.

Igualmente, a las entidades arcónticas no les gusta que la gente despierte y mucho menos de esta manera. Puedes señalarte. No hay que tenerles miedo, pero sí hay que tener siempre prudencia. Como recomendación, si sentimos que algo no cuadra o que estamos siendo atacados o interferidos por estas entidades, activémonos y expandiendo nuestra energía, decretemos que ningún mal, entidad o interferencia pueda llegarnos. Esto puede ser de gran ayuda.

En nuestra mano está enfrentar la realidad.

-EJERCICIO DE PROTECCIÓN Y LIMPIEZA ENERGÉTICA. BÁSICO.
Tenemos cada vez más conocimiento de que a nivel energético estamos rodeados de radiaciones, electromagnetismo y frecuencias que son dañinas para nuestro bienestar. Igualmente, lo mismo que es necesario una higiene personal física adecuada y realizada con asiduidad, que en sí misma ya es una limpieza energética, hay que añadirle un avance un poco más profundo y completo, ya que como sabemos, existen muchos parásitos e interferencias que afectan a nuestros campos energéticos.

De la misma manera, el entorno en el que habitamos habría de estar los más limpio posible de energías densas. Para esto es importante que esté ordenado y limpio, y que percibamos que la energía circule correctamente por nuestra casa, entorno de trabajo y el espacio donde pasemos mayor tiempo, dentro de lo posible.

Espacios iluminados con luz solar procurando que no haya rincones en continua oscuridad, sin aglomeración de objetos viejos y en desuso, sin humedades y que nos transmita tranquilidad y bienestar. La aparición de humedades, roturas de tuberías o problemas con el agua, puede ser indicativo de alguna acumulación de energía que hay que liberar.

Es recomendable que no haya espejos en los lugares de descanso, y que estos sean limpiados de vez en cuando con amoníaco diluido en agua. Esto mismo se puede aplicar a toda la vivienda, sobre todo si es un lugar donde ha habido carga densa de energía. El fregar con amoníaco es un remedio casero del saber popular, así como el realizar un sahumerio con, por ejemplo, romero, albahaca y muérdago. Pero podemos realizar estas prácticas desde la activación álmica magnetizando los materiales, que tomarán más fuerza y un nuevo enfoque.

Por la noche se pueden desenchufar todos los aparatos eléctricos, todas las rede wifis y por supuesto los teléfonos móviles. Así mismo, la colocación de piedras shunguit en determinados sitios de la casa puede ser beneficioso por su efecto protector contra radiaciones electromagnéticas. Pero con las piedras también hay que tener cuidado, y con todo los que pueda ser ceder poder a algo externo. Antes de utilizar cualquier cristal, cuarzo, piedra o material externo, habría que realizar su limpieza y desconexión energética de alguna posible fuente implantaria.

Todo esto quiere decir que el bienestar energético también depende del entorno y es importante cuidar todos los aspectos.

A nivel físico, en esencial el contacto asiduo con la naturaleza, el sol y agua de mar. Una buena hidratación es esencial. Una alimentación lo más completa posible basada principalmente en alimentos naturales no procesados. Ejercicio físico que implique todo el cuerpo con ejercicios de respiración, estiramiento, fuerza y movimiento de la energía. Nos gusta el Yoga, Taichi y Chi Kung por ejemplo, pero en su práctica hay que estar en guardia y conscientes pues son utilizadas por entidades para sus parasitaciones y algunas son bastante potentes. Recomendamos la práctica de algún arte marcial interno, como Aikido, Wing Chun o Daytu Ryu Aikijujutsu. Desde nuestra experiencia, no todas las líneas o escuelas son igual de válidas, por lo que habrá que elegir bien.

Es recomendable para la apertura desde un nivel físico de los canales energéticos, sesiones de Shiatsu por ejemplo y el trabajo miofascial. Como en todo habrá que elegir un buen profesional.

Todas estas sugerencias son para mantener un estado constante de higiene energética y disciplina. Como hemos comentado, consideramos básico la activación de los canales energéticos del cuerpo y equilibrio de algún malestar con alguna terapia como Shiatsu o fisioterapia con técnica miofascial.

También es primordial el aprendizaje y gestión de las emociones y los traumas o problemas que podamos tener, pues es la puerta por la que las entidades parasitarias lo van a tener más fácil así como para generar larvas o residuos energéticos densos.

Pero siempre con todo hay que estar en guardia y con disciplina. No aceptemos cualquier cosa ni nada que nos de sospechas. No hay que vivir estresado ni con miedo, pero sí con atención y activo. Precisamente, la mayor atención viene de la relajación, y la relajación real conlleva una actividad de la consciencia. Recordemos que la clave está en adquirir cada vez mayor consciencia, y que estar centrado y conectado en tierra no es para nada incompatible con expandirse y tener consciencia de la multidimensionalidad de la realidad. Todo lo contrario. Hay que ser sabedor de ello pero mantenernos en nuestro centro.

EJERCICIO

Dicho esto, vamos a realizar un ejercicio básico de limpieza energética propia y de protección, que podemos ir convirtiendo en algo común. La activación álmica y este ejercicio es lo básico y desde donde partir siempre. Con la práctica y experiencia se llega a un punto donde sucede de forma automática simplemente con la intención de activarlo.

Para ello, es imprescindible haber comprendido y practicado el ejercicio de activación álmica anterior.

Empezamos realizando dicho ejercicio:

Nos encontramos en el punto donde sentimos, imaginamos o visualizamos, como la energía de nuestra alma, del Origen Primordial, se va expandiendo desde lo profundo de nuestro pecho hacia afuera y va llenando todo nuestro cuerpo interiormente desde ahí, como un surtidor de agua que va llenándonos por dentro, cabeza, rostro, y así vamos bajando por todo el cuerpo, cuello, hombros, brazos, manos, espalda, vientre y piernas llegando hasta los pies.

Esa energía recorre toda nuestra columna vertebral desde la coronilla hasta el coxis y baja por las piernas saliendo por las plantas de los pies hacia la tierra.

No es necesario dar un color específico a esta energía, ni violeta, ni dorado, que son los habituales que suelen usar, si no lo sientes así. Blanco puede ser bueno. A cada cual le viene un color, o incluso ninguno. No hay que forzarlo. Nuevamente está el riesgo de recurrir a otras frecuencias sin darnos cuenta.

Ahora imaginamos o visualizamos, o decretamos con palabra o pensamiento, que esta energía que recorre todo nuestro cuerpo internamente quema, como una llama si quieres, cualquier tipo de energía dañina, parasitaria o interferencia que pueda haber en él, activando nuestro poder interno.

Permanecemos un tiempo con esta sensación, sintiendo, y seguimos expandiendo esa energía primordial, que tenemos consciencia que es la energía de nuestra alma, expandiéndola desde el pecho hacia afuera, como un foco de luz.

Ahora esa luz nos envuelve todo el cuerpo y todos nuestros campos energéticos, incluso todas nuestras capas energéticas infinitas. Imaginamos o visualizamos, o decretamos con palabra o pensamiento, cómo esa energía ahora es llama y quema cualquier energía negativa o parasitaria en nuestro cuerpo o campos energéticos.

Permanecemos así un tiempo haciendo cada vez la llama más potente y a la vez que nos limpia nos da más fuerza y consciencia de nosotros mismos.

Ahora vamos a convertir esa energía de la Fuente Original que nos inunda y nos rodea en una protección. Para eso, lo único que tenemos que hacer es condensar esa energía a nuestro alrededor, a modo de esfera por ejemplo (cuidado con las formas geométricas; mejor no usarlas), visualizar o decretar con nuestra intención que permanezca como escudo en llamas y que cualquier energía negativa o interferencia que se nos acerque o que pretenda dañarnos, interferirnos o parasitarnos de algún modo, sea quemada y expulsada. A cualquier nivel hiperdimensional o de realidad.

Una vez afianzada esta protección, volvemos a la percepción ordinaria como se describe en el ejercicio de activación álmica. Con la práctica, este ejercicio lo podremos realizar de forma rápida y sencilla incluso en cualquier sitio. Para reactivar la protección, podemos recuperar la visualización de la esfera de energía de la Fuente Original a nuestro alrededor compacta y activa, con su borde en llamas, partiendo de la energía de nuestra alma desde el pecho como referencia. Es recomendable practicar el ejercicio completo con cierta frecuencia como parte de nuestra rutina, incorporándolo a nuestros hábitos. Estamos dando la clave básica, y lo básico es lo más importante.

APUNTES

Podemos realizar duchas magnéticas cada vez que nos duchemos para limpiarnos energéticamente de forma más liviana. Ya de por sí una ducha realiza una limpieza física y energética, pero así añadimos un paso más completo. Además de que son bastantes agradables, también activan la circulación sanguínea y energética.

Al terminar de ducharnos, nos aclaramos con agua tibia e incluso fría, e imaginamos cómo la energía sale del pecho y nos envuelve junto con el agua que cae. Esa agua cargada de energía arrastra cualquier suciedad y carga negativa que tengamos adherida, que imaginamos como cae y es arrastrada por el agua hasta que estamos limpios y cargados energéticamente. Con el pie podemos tocar el desagüe de la ducha para realizar toma de tierra y descargarnos de algún exceso de electromagnetismo en el cuerpo.

Como hemos comentado antes, lo básico es importante pues todo parte de lo básico y esencial. Esta percepción energética es herramienta clave en la consciencia y percepción de la hiperdimensionalidad.

No solo un entretenimiento o curiosidad circunstancial. Ampliemos las consciencia.

-EJERCICIO DE PROTECCIÓN ONÍRICA.
Proponemos tener la costumbre de realizar un ejercicio de protección onírica antes de dormir.

EJERCICIO

Para ello, ya en la cama, realizamos el ejercicio de activación álmica/conexión Fuente Original y de protección energética descritos anteriormente.

Cuando estemos visualizando la esfera de energía impenetrable alrededor nuestra, tenemos que imaginar y sentir también nuestro cuerpo astral superpuesto sobre nosotros y envolverlo también en esa energía impenetrable que quemará a cualquier entidad o interferencia que se acerque a nosotros. Para sentirlo, buscamos la sensación como de una energía que nos envuelve el cuerpo superpuesta a nosotros, la cual envolvemos con nuestra protección.

Estando con esta sensación e intención real decretamos que descansaremos sin interferencias de ningún tipo y que tanto tu cuerpo físico, como astral y energéticos están protegidos por ti, tu alma, la energía de la Fuente Original, en esta y en todas las dimensiones. Sin aceptar ningún tipo de interferencia, intercambio o contrato que pueda suceder en el mundo onírico ni en cualquier dimensión que visites.

También decretaremos que recordaremos al despertar lo sucedido, sin afectarnos el efecto de borrado entre dimensiones.

Siente la esfera de energía que parte de tu interior envolviéndote mientras te duermes. A su vez esa energía te recargará durante el sueño y te ayudará a completar todos los procesos naturales de reparación y recarga. También te acompañará allí donde vayas y en todos los posibles desdoblamientos, estando protegido tanto física como energéticamente. Cualquier interferencia sobre ti será quemada y rechazada por esa energía.

Como detalle opcional y avanzado para valientes, si entendemos que el aura tendría infinitas capas energéticas al estar inserta en el todo, decreta, visualiza y siente esa protección cómo se extiende infinitamente por todas las capas de tu aura o campo energético hasta el infinito, pero a su vez de forma invisible y ocultando su vibración para no ser detectado por nada ni nadie.

APUNTES

Ya en el mundo onírico, poco a poco cada vez iremos haciendo un esfuerzo para ir siendo más conscientes de lo que sucede, para recordar y controlar las acciones que realicemos e incluso la creación de las escenas donde estemos interactuando.

Es importante no fiarse ni creerse nada totalmente de lo que encontremos, así como no tener miedo. Si tenemos duda de algo o sospechamos, abandonemos el lugar aunque nos quieran convencer de lo contrario. También podemos lanzar una ráfaga de luz de nuestra alma para desenmascarar lo que tengamos delante y que muestre su verdadera apariencia así como para defendernos en su caso.

De ser de alguna forma atacados, normalmente tenemos tendencia a huir. Pero recomendamos enfrentarse sin miedo si has realizado el ejercicio de protección. Te sorprenderá cómo terminas empoderándote e incluso deshaciéndote de las entidades que te acechen. Si te sientes atacado puedes lanzar rayos de luz ardiente de la Fuente Original contra *los bichos* e inundar el lugar con esa luz. Pero solo recomendamos esta acción realizando previamente lo que ya hemos explicado, con el entrenamiento energético que vamos proponiendo en el libro y con sus precauciones.

Incluso una vez despierto, se puede realizar el ejercicio de limpieza energética descrito, imaginando y reviviendo la escena del sueño donde hayamos sufrido algún ataque, limpiar toda esa escena con energía de la Fuente Original.

Con este tipo de acciones y protecciones es difícil que se dé el fenómeno de la parálisis del sueño por interacción de una entidad. Pero si se diese, según nuestra experiencia lo que hacemos es no tener miedo, rechazar mentalmente a esa entidad y ordenarle que se vaya, aunque no la percibamos ni veamos.

Expandir nuestra energía álmica, quemando toda energía o entidad negativa a nuestro alrededor envolviéndonos, y hacer un esfuerzo físico sin cesar hasta que consigamos movernos recuperando nuestro poder. Al poco hemos conseguido movernos sin problema y hemos seguido descansando plácidamente incluso sin necesidad de despertar.

Si es necesario por falta de práctica, puedes forzar el despertar. Beber agua, andar un poco y oxigenarte bien antes de volver a dormir, realizando el ejercicio de conexión para proteger y recalibrar los campos energéticos.

El dominio del mundo onírico es importante para llegar a transcender la matrix como parte más del conflicto espiritual, energético y evolutivo que enfrentamos.

-EJERCICIO DE EXPANSIÓN DE VIBRACIÓN ARMÓNICA. LA FRECUENCIA DE LA VERDAD.
Verdad es la correspondencia entre lo que pensamos o sabemos con la realidad. La verdad supone la concordancia entre aquello que afirmamos con lo que se sabe, se siente o se piensa. De allí que el concepto de verdad también abarque valores como la honestidad, la sinceridad y la franqueza.

Asimismo, la verdad se refiere a la existencia real y efectiva de algo, es decir, a la realidad, a la existencia concreta en el plano de los hechos.

La verdad corresponde a un flujo frecuencial armónico que existe por sí mismo y no puede existir de diferente forma. Porque podríamos decir que verdad hay una con múltiples matices, pero lo que la distorsiona son la multitud de puntos de vista diferentes y multitud de percepciones e interpretaciones distintas sobre la verdad.

Por tanto, la verdad no puede ser modificada pero su percepción sobre ella puede ser ocultada, manipulada, usurpada, interferida y crear diferentes falsas capas de realidad que apoyen una falsa verdad.

Por otro lado, como verdad se denomina todo aquel juicio o proposición que no puede ser refutado racionalmente. En este sentido, la verdad es lo opuesto a la falsedad, a la mentira.

Por eso en una guerra asimétrica o en un mundo interferido donde la desinformación y programación mental es necesaria para crear el efecto de mente colmena con una serie de ideas y pensamientos de diseño, programados y encapsulados alejándolos totalmente de la verdad, utilizan los medios de comunicación y el control de las ideas mediante propaganda constante y envenamiento persistente de la mente (además con tecnología).

Los controladores utilizan el sistema de bombardeo constante de desinformación, aislamiento, vibración densa del miedo, el temor, la ansiedad, la contradicción y la frustración. Porque la verdad por sí misma tiende a aflorar por naturaleza propia y necesita una intoxicación constante para desviar la atención de ella.

Esta frecuencia armónica de la verdad, una vez descubierta y asimilada, es muy difícil de apagar pues queda incorporada a nuestro campo energético de forma armónica.

Armonía es el equilibrio de las proporciones entre las distintas partes de un todo y su resultado siempre connota belleza.

Por ejemplo, son muy conocidos los trabajos Masaru Emoto sobre la cristalización del agua. Los cristales que se forman en el agua, al llegar al punto de congelación, revelan cambios sobre la estructura molecular cuando dirigimos hacia ellos pensamientos o sentimientos muy específicos. Es lo que explica el Dr. Masaru Emoto en su obra *Los mensajes ocultos del agua*.

Por lo tanto, de acuerdo con el Dr. Masaru, es posible determinar cómo repercuten en la composición química del agua las vibraciones que emite la música, el sonido de las palabras, ciertas imágenes y pensamientos, manifestando claros patrones llenos de coloridos, brillantez y armonía en sus formas.

Según este científico, el agua que proviene de manantiales no contaminados muestra una formación hermosa de cristales que aumenta aún más cuando se expone a música agradable. Nos muestra también diferencias fascinantes generadas en los cristales cuando al agua se le expresan palabras diferentes, como gracias o estúpido, de diferente tipo de armonía vibracional.

Son muy conocidos los experimentos en los que ponemos sobre varios botes de arroz, por ejemplo, palabras como amor, oido o nada. En los botes de palabras de vibración alta como amor, el arroz se conserva bien. Y en palabras de vibración densa como odio, el arroz tiende a estropearse mucho más rápido. En el de nada el cambio no es tan notable.

Es una sencilla prueba de lo fácil que es transmitir un tipo de vibración u otra y de lo sencillo que es generarlas. Por eso la higiene energética y mental es de vital importancia.

Es como si tenemos un café solo en una taza. Un líquido oscuro. Si en este café echamos una sola gota de leche, ya se clarea. Cuanta más leche más claro. Pero si en un vaso de leche echamos una gota de café, esta se oscurece. Aunque hay que echar mucho café para volverla totalmente oscura.

Un experimento interesante es llenar un tablero que pueda fluctuar con metrónomos y hacer que cada uno marque un ritmo diferente, oscilando todos de forma arrítmica entre sí formando un caos.

Pero si tomamos uno y lo hacemos oscilar de forma rítmica, incluso acompasado a una canción que pensemos como dirigiendo la acción y al ritmo de nuestro metrónomo, poco a poco todos lo van adoptando, armonizándose con ese ritmo; todos terminan oscilando al unísono de forma armónica, de forma antientrótica.

El cambio hacia la verdad debe partir de uno mismo con disciplina. Esa vibración y energía se expandirá y se propagará de forma natural cuando no haya choques, fricciones ni conflictos. Hay a quien le servirá y le ayudará a entrar en su vibración correcta, y hay quien la rechazará por estar demasiado inmerso en la oscuridad.

Pero no desvaloremos ninguna emisión de luz, porque hasta la más pequeña luz puede iluminar en la mayor oscuridad y nuestra luz proviene de la Fuente Original.

EJERCICIO

Proponemos un ejercicio de empoderamiento y transmisión de frecuencia armónica.

Como haremos siempre, hay que comenzar con el ejercicio de activación álmica, conexión con la Fuente Original, y de protección y limpieza energética.

Una vez inundados y envueltos en nuestra energía álmica, esa energía quemará cualquier tipo de energía densa e interferencia que pretenda acercarse a nosotros. Ya que las manipulaciones, engaños e implantes están siendo mayormente proyectados a nivel mental, es importante que no dejemos que cualquier información penetre en la mente y utilicemos el truco que explicamos de las back doors.

Además de las que evidentemente se ven que son burdas mentiras, tomaremos toda información como suceptible de tener una puerta trasera y la analizaremos viendo cual podría ser el fin de esta informacion, buscando varios puntos de vista. Muchas veces no son uno o dos, sino varios.

Protegeremos igualmente nuestra mente energéticamente, al igual que protegemos todo nuestro campo, pero de manera más específica y concreta.

Seguimos inmersos en nuestra energía álmica y visualizamos cómo formamos delante nuestra una esfera con esa energía. Ahora decretamos que nuestro miedo sea absorbido por esa esfera de energía de la Fuente Original, visualizando cómo se llena de un residuo energético que queda contenido en ella.

Una vez llena, decretamos que esa esfera arda y es quemada por nuestra energía. Visualizamos cómo esa esfera se convierte en llama luminiscente y arde hasta desintegrarse y desintegrar todo el miedo y vibración densa que contenía.

Eliminado ese residuo energético, en su lugar florece y crece en nosotros como grandes luces, el temple, prudencia, inteligencia y astucia. Nuestra energía crece y crece, y sentimos como si nos fuesemos convirtiendo en gigantes de luz invulnerables, de forma que nada ni nadie puede dañarnos, unificados a la auténtica Fuente Original y sosteniendo la frecuencia de la verdad.

APUNTES

Conviviendo en esta vibración elevada, cada vez somos más empáticos, conscientes y comprensivos. Vamos percibiendo la realidad tal como es y las intoxicaciones y manipulaciones mentales ya no nos afectan. Dentro de nuestro entorno y allá donde vayamos, esta frecuencia elevada y determinación se irá expandiendo, transmitiendo e impregnando, ayudando a encender otras llamas.

Ayudando a cristalizar de forma armónica más gotas de agua. La pequeña gota de agua pura termina ersosinando la más grande roca. El agua siempre se abre camino y paso. Muchas gotas sumándose pueden generar la más grande de las olas.

-EJERCICIO DE PROTECCION CELULAR. LA ESENCIA DE LA VIDA.
Todo en el omnimultiverso, por lo menos en el conocido, es energía y vibración. Esta energía se va distribuyendo en frecuencias, rangos fercuenciales y de onda, y en ellos se pueden cifrar datos por un emisor o cifrador y ser interpretados por un perceptor o descifrador. Es una forma secilla de explicar la creación y percepción de una realidad.

Se dice que la base de la vida son las células, quizá la unidad más pequeña de vida orgánica en nuestros cuerpos que tienen capacidad para recibir y gestionar energía. La agrupación de millones de células de muchos tipos van formando los órganos y tejidos hasta formar el cuerpo completo. Estas células van duplicándose y muriendo constantemente durante toda nuestra vida física.

En el interior de las células encontramos los cromosomas, que están formados por el ADN. El ADN, o ácido desoxirribonucleico, es la molécula que contiene la información genética de todos los seres vivos.

Según el orden en que se combinen sus moléculas, una después de la otra, se codifica la información genética. El ADN se organiza estructuralmente en cromosomas. A nivel funcional se organiza en genes, que son piezas de ADN que generan características físicas específicas.

Estas características no vienen directamente del propio ADN, sino de una molécula llamada ARN, formada a partir del ADN, y codifica una proteína. Esto es lo que se llama el dogma central de la biología molecular: en el ADN hay genes que generan ARNs mensajeros, y estos generan proteínas.

Y esto es lo que da las diferentes características físicas que observamos en individuos como el color de ojos o la altura. Es decir, a efectos esenciales es un cifrado de moléculas o datos bioenergéticos que según sea su secuencia producen unas determinadas características en múltiples facetas.

En los extremos de los cromosomas encontramos los telómeros. Son como los escudos protectores del ADN de nuestras células. Su nombre, de origen griego, significa literalmente "parte final", algo parecido a las puntas de plástico de los cordones de los zapatos.

Son partes del ADN muy repetitivas y no codificantes: su función principal es proteger el material genético que porta el resto del cromosoma. A medida que nuestras células se dividen para multiplicarse y para regenerar los tejidos y órganos de nuestro cuerpo, se va reduciendo la longitud de los telómeros; por eso con el paso del tiempo se hacen más cortos.

Cuando finalmente los telómeros se quedan tan pequeños que ya no pueden proteger el ADN, las células dejan de reproducirse: alcanzan un estado de senectud o vejez. Por eso, la longitud de los telómeros se considera un "biomarcador de envejecimiento" clave a nivel molecular, aunque no es el único.

Pero también conocemos que el ADN tiene ciertas facultades o particularidades propias de nuestra especie, además de otras muchas especies, pero no todas, de albergar virtualmente un alma, una fractal de la Fuente Original. Es como un nexo hiperdimensional con un diseño muy específico y que podríamos decir es la principal facultad biológica que albergamos.

Hay una parte dormida o inactiva en las cadenas de ADN que se dice fue mermada a propósito en ancestrales manipulaciones para no poder tener acceso a nuestro completo potencial biológico y energético. Potencial que sí tenía el Humano Primordial.

Es importante proteger esta esencia biológica base y pretender su evolución correcta y natural hacia lo que realmente somos, no hacia algo artificioso, controlado y manipulado. Punto clave para salir del sistema de control.

    EJERCICIO

Proponemos un ejercicio energético con este propósito. Como ya hemos apuntado, para realizar los ejercicios aquí expuestos hay que comprender y asimilar la información mínima de este libro. Sobre todo lo relacionado con el Origen Primordial y la esencia álmica.

Empezamos como siempre, ya que es necesario para realizar cualquier ejercicio energético según nuestra visión, con el ejercicio de activación/conexión Fuente Original. En ese estadio realizamos seguidamente el ejercicio de protección y limpieza energética.

Seguimos en el estadio de conexión (recordamos que el término conexión es para entendernos y hacerlo de forma consciente, no que necesitemos conectarnos o enchufarnos a algo de forma álmica).

Visualizamos y sentimos como si estuviésemos viendo una célula sana nuestra con un microscopio energético. Penetramos visualmente en ella hasta que penetramos en su núcleo, llegamos a un cromosoma y en su interior a las cadenas de ADN.

Desde ahí, penetramos en el interior a nivel molecular y proyectamos la energía de la Fuente Original, la de nuestra alma, que igualmente surge de nuestras propias moléculas. Inundamos todo el material genético con esa gran luz que carga de energía y regenera todo, surgiendo también esta energía o luz de ese material. A la vez y durante todo el proceso, imaginamos de forma auditiva que está sonando un sonido en frecuencia 432 hz o la que tu alma te haga interpretar. (Es fácil adquirir un diapasón en esta frecuencia para escuchar su sonido y tenerlo como posible herramienta).

Buscamos visualmente la parte del ADN que está dormido o inactivo y con esa luz y energía hacemos que se active y se incorpore al resto del ADN, completando la secuencia. Todo queda así cubierto de energía álmica y todo el material genético cubierto de intensa luz desde su más profundo interior expandiéndose hacia fuera, conectado a la Fuente Original.

Desde ahí, visualizamos y sentimos cómo todo queda cubierto con una esfera de energía impenetrable que quemará y desintegrará cualquier tipo de interferencia distorsionante, energética, química o biológica, que quiera penetrar en él o modificarlo de forma nociva alejándonos de nuestro auténtico ser. Recordemos que podemos decretar verbalmente.

Ahora visualizamos el cromosoma completo. En sus extremos están los telómeros como los tubitos de plástico de los cordones de zapatos. Inundamos todo con la energía álmica proyectándose desde el interior del cromosoma hacia afuera y visualizamos cómo los telómeros se regeneran recuperando su tamaño y longitud original.

Protegemos todo el cromosoma con una esfera de energía impenetrable que quemará y desintegrará cualquier tipo de interferencia distorsionante, energética, química o biológica, que quiera penetrar en él. Visualizamos todo el interior de la célula y la inundamos de esa energía que se sigue expandiendo desde el interior del ADN y del cromosoma, regenerando y protegiendo toda la célula desde lo más profundo de su interior hacia afuera.

Protegemos el núcleo de la célula con una esfera de energía impenetrable que quemará y desintegrará cualquier tipo de interferencia distorsionante, energética, química o biológica, que quiera penetrar en él.

Seguimos avanzando hacia afuera y visualizamos ahora la célula desde su exterior, su membrana externa. La envolvemos de nuevo con una esfera de energía impenetrable que quemará y desintegrará cualquier tipo de interferencia distorsionante, energética, química o biológica, que quiera penetrar en ella.

Toda la célula está inundada, cubierta y protegida con la energía de la Fuente Original, nuestra energía original álmica. Con esta sensación plena, incorporamos y duplicamos esto a todas las céculas, cromosomas y partículas de ADN de nuestro cuerpo, quedando todo inundado desde lo más profundo de su esencia biológica, por todo el interior de nuestro cuerpo hacia el exterior.

Desde nuestra intención esta energía quemará y desintegrará cualquier partícula u objeto artificial, aunque sea microscópico y de material biológico, que pudiera penetrar en nuestro cuerpo, como cualquier tipo de implante, nanopartícula, o chip, por decirlo así.

También quemará y desintegrará cualquier sustancia inapropiada que pudiera penetrar en él, convirtiéndonos en llama viva y pura energía álmica.

Tengamos esto presente y repitamos el ejercicio asiduamente para reforzar nuestra voluntad.

La evolución del ser humano hacia su auténtica naturaleza es imparable, pero depende de la voluntad de cada uno.

-EJERCICIO DE CONTRAATAQUE.
Como vamos exponiendo, sabemos que en esta realidad de materia en la que habitamos físicamente, en este nivel de matrix, hay un denso y complejo diseño de programación mental que se ha instaurado en el ser humano para convertirlo en víctima y dependiente siempre de una fuerza superior o ayuda externa. Un programa que nos impide ver la auténtica naturaleza de las cosas

y nos tiene metidos en un bucle continuo de interferencia y manipulación.

Esto es lo que sucede con la eterna batalla del bien contra el mal, la luz contra la oscuridad. Los grupos que en la historia se han auto otorgado la verdad y se han proclamado defensores del bien o de la oscuridad, realmente estaban sirviendo a una entidad arcóntica parasitaria, ya fuesen de un bando u otro.

Las guerras santas, las cruzadas, la inquisición, los gurús, benefactores de la new age y otros dogmas, santos, demonios... Todos, normalmente sin saberlo, aunque algunos sí lo saben y están muy enterados de lo que hacen, han estado "trabajando" para una entidad u otra ya que realmente lo que hacían es generar energía, alimento, loosh, para ser recolectado por estas entidades en una eterna lucha que no tendrá fin, pues a un nivel más transcendente realmente el bien y el mal no existirían como tal, sino simplemente el intercambio y consumo de energía.

Y esto no es hablar con frialdad ni psicopatía sino todo lo contrario. Precisamente la consciencia de esto y el conocimiento de nuestra propia esencia genera una empatía real por los demás seres y un sentimiento real que procede de nuestra auténtica naturaleza, no de una densidad vibracional manipulada.

Dicho esto, ahora mismo nos encontramos en un momento de la historia, de esta línea temporal en la que coexistimos, donde existe una batalla que se está librando a todos los niveles. Algo que sí podríamos llamar la luz contra las sombras sobre la Tierra porque decidirá el destino de la humanidad. La libertad contra la opresión total.

Aun formando parte de la manipulación matrix y de que todos los conflictos duales son parte del sistema corporativo de recolección loosh, el juego es multinivel y nos vemos obligados a jugarlo en varias facetas para que una no arrastre a la otra. En esta obra nos estamos centrando e iniciando en la faceta más transcendente de todas, pero poco a poco.

Se está disputando un confrontamiento por la propiedad de este planeta y su granja de almas. Pero las almas libres y conscientes ya están despertando y se han cansado. Este planeta *pertenece* a la humanidad y a las criaturas que lo habitan por derecho. Va a dejar de ser una granja de almas y una cosechadora de energía. El ser humano va a despertar, a volver a conectar con madre Tierra que recuperará su vibración natural, como así hicieron las primeras almas que habitaron este planeta para experimentar; no van a aceptar más manipulación ni servilismo.

Seamos conscientes de que aunque recibamos ayuda, no debemos depender de nadie ni de que nadie nos vaya a salvar. No somos víctimas. Somos seres creadores y hegemónicos y nosotros mismos decidimos y actuamos sin ceder nuestro poder a nadie. Así que empoderémonos.

Además, tengamos en cuenta que uno de los planes que hay para el futuro es presentar a unos supuestos benefactores externos como salvadores de la humanidad, buscando realmente de nuevo nuestro sometimiento. Así que estemos preparados para trampas venideras.

Lo que suceda en otros niveles de frecuencia va a tener su reflejo en la Tierra. Así que si te consideras un alma despierta, consciente, empoderada y no tienes miedo de defender lo que es tuyo, incluso si hay consecuencias, proponemos un ejercicio de contraataque.

EJERCICIO

No es una meditación grupal ni una quedada para realizarlo unidos. Eso depende de cada uno, cuando cada cual se considere listo y sienta el momento oportuno para realizarlo. Pero tengamos en cuenta que estamos en un momento decisivo donde la balanza se está volviendo a inclinar del lado de la verdad y hay que apretar cada vez más.

Antes de realizarlo es necesario haber comprendido y realizado los ejercicios básicos y tener práctica en ellos.

Bien: Primero, realizamos el ejercicio de activación/conexión con la Fuente Original tal y como ya hemos explicado, y el de protección. El protocolo básico.

Estamos en el momento en que la energía de nuestra alma nos envuelve y nos rodea por toda la habitación.

Desde ese punto, ahora expandimos esa energía hacia el interior del planeta, llegando hacia el centro de la Tierra y expandiéndose desde ahí por todo el núcleo y todo el interior. Sale ahora hacia afuera y cubre el planeta entero, desde dentro hacia el exterior con la energía de la Fuente Original.

Con esta imagen y sensación de cubrir y envolver el planeta entero, decretamos verbalmente, tal cual, o lo más parecido, sin utilizar fórmulas extrañas, simplemente verbalizarlo con intención y voluntad:

Decimos en voz alta o pensamos (según sienta cada uno, puede decirse en singular):

COMO ALMAS SOBERANAS Y LIBRES EN ESTE PLANETA, DECRETAMOS QUE RECHAZAMOS CUALQUIER PACTO O CONTRATO QUE SE HAYA HECHO EN NUESTRO NOMBRE PARA SOMETERNOS, INTERFERIRNOS O ENGAÑARNOS, O DE CUALQUIER TIPO, YA SEA POR ENGAÑO, CON CONOCIMIENTO O DESCONOCIMIENTO.

ESTE PLANETA ES LIBRE Y ES INACEPTABLE CUALQUIER TIPO DE INTERFERENCIA, SOMETIMIENTO NI PARASITACIÓN SOBRE ÉL NI SOBRE LAS ALMAS QUE LO HABITAN. SOMOS INMUNES A CUALQUIER MAL O ENERGÍA NEGATIVA EN CUALQUIER FORMA, AHORA O EN CUALQUIER DIMENSIÓN, ESPACIO O TIEMPO, Y ESTAS ENERGÍAS NEGATIVAS SON EXPULSADAS Y DEVUELTAS A SU ORIGEN SIN QUE NUNCA MÁS PUEDAN REGRESAR.

Decretado esto, podemos completar ahora visualizando cómo la energía de la Fuente Original que llena y envuelve todo el planeta se condensa y toma la forma de un enorme rayo de luz que es lanzado al espacio profundo y a nivel hiperdimensional hasta alcanzar cualquier energía oscura sobre la Tierra en cualquier dimensión, la queme y sea lanzada hacia el infinito.

Terminado, volvemos a percepción común.

APUNTES

TRABAJO CONJUNTO

No nos referimos a una meditación colectiva ni grupal. El trabajo debería ser individual, pero con cohesión de grupo u objetivos comunes.

Una vez asimilada la práctica individual, protegidos y con la intención y conocimiento de los riesgos que enfrentamos, sí podrían quedar varios para realizar acciones individuales, pero de forma conjunta, incluso cuantos más mejor (no es necesario quedar en el mismo lugar). Hasta quedar a la misma hora para realizarlo. Pues es cierto que si una avispa pica hace mucho daño, pero si pica todo un enjambre, prácticamente es imparable.

Se podría por ejemplo concretar una acción determinada: expulsar la oscuridad de una ciudad e inundarla de luz de la Fuente Original, bombardear y quemar con luz primordial un objetivo determinado, inundar el interior de la Tierra con esa luz y quemar toda energía negativa en ella, expulsar entidades invasivas, deshacer la barrera de sometimiento que cubre la Tierra, etc. Hay muchas posibilidades con las herramientas dadas.

EL DECRETAR

Decretar es una manifestación verbal de nuestra intención y voluntad que queda expresada en palabras vibracionalmente. Se puede expresar de palabra (hablando, que algunos opinan que es más potente) y/o de pensamiento. No es una petición a algo externo, es una orden ejercida para que suceda lo expresado que es realizada por nuestra esencia álmica, es decir por nosotros mismos. Es realizarlo nosotros mismos pero expresado de forma verbal para manifestarlo en la realidad o nivel frecuencial que en ese momento habitamos. Una intención hecha pensamiento manifestado en vibración para la reorganización del flujo energético de la realidad y quedar así manifestado.

PRECAUCIONES PARA DECRETAR

Al decretar hay que ser cautos pues pueden aparecer huecos de interpretación. El decreto propuesto en este ejercicio creemos que es bastante cerrado y concreto, pero si lo consideras necesario corrígelo, aunque lo realmente importante es nuestra intención puesta en él y sentirlo.

Damos unas pautas que son importantes seguir:

-No pedir que suceda algo con distancia temporal, sino verbalizarlo y sentirlo como ya sucedido o justo en ese momento. El decreto habría que sentirlo como ya manifestado, más que esperar a que suceda.

-Es recomendable no hablar con nosotros como en segunda persona, ni a nuestro *yo superior* o cosas así, como si fuese algo aparte o externo (ni incluso aunque pensemos que está en nuestro interior).

-La conexión con el Origen Primordial/Fuente Original tal y como describimos, y la consciencia de lo que es, es la clave de todo. Hay que haberlo asimilado y haber practicado correctamente antes de participar en estas acciones, pero estamos dando la información muy sintetizada para que sea en poco tiempo. Depende de la apertura mental de cada uno.

-Nunca hay que desear nada negativo a nadie por mucho mal que haga. Nuestra vibración se densificará y entraremos en su juego. Eso no quiere decir que no podamos ser activos y contraatacar.

-Por muchos demonios o seres que quememos o expulsemos, siempre habrá más seres y entraremos en una confrontación eterna. Por eso hay que ir a la raíz del asunto, a su núcleo.

-Al realizar estas acciones nos exponemos y podemos recibir ataques arcónticos cada vez de mayor grado. Hay que estar preparado. Miedos, dudas, bajones emocionales, extrañas casualidades... Cualquier problema emocional o conflicto puede ser usado para ello. Recomendamos el ejercicio de limpieza y protección y estar siempre con la atención activa para identificar estos ataques.

-Cuando hagamos decretos, no hay que pedir a nadie externo que realice la acción y hay que tener cuidado con la temporalidad de lo que se decreta. Por ejemplo, si decretamos: -Que esta energía negativa sea quemada-, ni concretamos cuando se quemará ni quien la quemará, dejando la puerta abierta a la intervención de algún ser y con un posible *contrato energético* a la vista. Hay que estar muy finos. Más correcto sería decretar: -Esta energía negativa es ahora quemada por la energía de mi alma-, por ejemplo.

Además, nuestra intención, sentimiento y sapiencia tiene que estar siempre en ello.

-Se dice que no es preciso decretar en negativo (decir *no*) porque el *universo* no entiende peticiones en negativo. Como ya hemos especificado, al decretar no estamos pidiendo a nada y además este universo es una manifestación demiúrgica cuya energía hay que saber tratar sin caer en un *control* demiúrgico.

El decreto lo ejecutamos nosotros mismos: nuestra alma, la Fuente Original (Origen Primordial).

Aun así si no queremos usar la palara *no*, podemos usar *de ningún modo*, *en absoluto* o *inaceptable*.

CAMUFLAJE ENERGÉTICO

Como detalle adicional, cuando estemos realizando el ejercicio conectados a la Fuente Original y rodeados de energía, la de nuestra alma, decretaremos **ser invisibles, ocultar nuestra**

vibración y no poder ser detectados por nada ni nadie. Esto podría evitarnos problemas.

Que estas herramientas sean aprovechadas.

ANEXO SOBRE LOS DECRETOS.

NO USAR EL "YO SOY"

Observamos que en el mundo de la supuesta "espiritualidad" se sigue cayendo en trampas arcónticas básicas.

El decretar es una de las herramientas más potentes y elementales que tenemos en el contexto energético. Como hemos dicho, son una manifestación verbal, vibracional, de nuestra intención y voluntad creando una manifestación energética de ella.

Aunque consideramos más potente la sintonización álmica/etérica reorganizando directamente los flujos de información y energía del éter, el decreto es una buena herramienta a usar para iniciarse y como complemento.

Por eso las entidades arcónticas harán lo posible para interferirlos y distorsionarlos. Aunque uno diga algo verbalmente con un propósito, si las palabras no son adecuadas, se puede interpretar como un "pacto" o "contrato" energético.

Esto ocurre con un decreto, o inicio de decreto, comúnmente usado: el Yo Soy, tan popular en la new age y promulgado supuestamente por Sant Germain. A nuestro parecer, este decreto es una manipulación arcóntica para interferir la "espiritualidad" ya que pocos de los que se inician en ciertas praxis conocen realmente la realidad matrix y la interferencia arconte.

Cuando uno decreta Yo Soy, está invocando de forma implícita a la entidad Yahveh, supuesto dios del antiguo testamento, que también es llamado Jehová y Ba´al.

Yahveh es considerado una entidad arcóntica maligna que pedía a sus fieles sumisión, adoración, sacrificios de muerte y sangre, sometimiento a sus mandatos y leyes, y era vengador.

Dios (Yahveh) dijo a Moisés: «Yo soy el que soy.» Y añadió: «Así dirás a los israelitas: "Yo soy" me ha enviado a vosotros. Éxodo 3, 13-14).»

Alguien puede argumentar que el decreto le funciona, pero lo que realmente puede suceder es que al decirlo *ellos* entienden algo como: -Estoy con vosotros, tenéis permiso para parasitarme y guiarme-. Parece peliagudo, pero estamos en un planeta granja prisión insertado en una súper estructura matrix holográfica hiperdimensional...

Aun siendo consciente de esto y se le quiera dar una intención diferente, nuestra recomendación es no usar este decreto y tener prudencia. Somos alma, Origen Primordial directamente. Pero sin usar Yo Soy para manifestarlo.

APUNTE FINAL

Con esta herramienta planteada se abre la posibilidad de muchas más acciones y empoderamiento personal.

Este es un ejercicio para valientes podríamos decir, ya que advertimos que con esto puedes señalarte.

Pero estamos en un momento de batalla multinivel donde el miedo no ha de tener cabida, y de nuestras acciones y voluntad dependerá el futuro. En nuestra mano está.

-EJERCICIO DE CONTRAATAQUE Y HACKEO. CORTE A LA RECOLECCIÓN DE LOOSH.

A nivel etérico, para valientes y ya duchos en los ejercicios del libro, proponemos un ejercicio de hackeo a la recolección de loosh que tanto le interesa a la lacra arconte.

EJERCICIO

Comenzamos como es habitual con el ejercicio de activación álmica, conexión con la Fuente Original, y de protección y limpieza energética. Seguimos la misma línea de trabajo de ejercicios anteriores y usaremos el método empleado en el ejercicio de expansión de vibración armónica.

También podemos realizar previamente la neutralización de egrégores, que forman parte del sistema de recolección (descrito posteriormente).

Una vez inundados y envueltos en nuestra energía álmica, esa energía quemará cualquier tipo de energía densa e interferencia que pretenda acercarse a nosotros, a cualquier nivel físico y multidimensional. En todos los demás ejercicios hay más herramientas que nos pueden ser útiles.

Podemos imaginar y visualizar cómo los flujos de loosh forman como columnas o condensaciones vectoriales de energía que se proyectan desde las ciudades, edificios, grupos de concentración de personas como manifestaciones, e incluso de forma individual pero reuniéndose como en nubes que después serán absorbidas y almacenas además de consumidas o repartidas.

Siguiendo inmersos y protegidos en nuestra energía álmica, visualizamos cómo formamos delante nuestra una esfera con la energía álmica de la Fuente Original que llamaremos ESFERA DE CORTE. Decretamos y visualizamos con nuestra intención, sentimiento y voluntad, que los canales o tubos de recolección de loosh son interrumpidos y absorbidos por la ESFERA DE CORTE de la Fuente Original, visualizando cómo se llena de esa energía loosh que queda contenida en ella. Es como cuando se corta el clable de un circuito eléctrico interrumpiéndolo con un condensador y la electricidad queda retenida en él privando a todo el circuito de energía para que no funcione.

Al decretar y visualizar hacemos referencia y tenemos en cuenta **la fuerza y la unión de las almas de la auténtica Fuente Original en este planeta**, lo que nos dará una fuerza extra de gran calibre.

Una vez llena la ESFERA DE CORTE, decretamos que esa esfera arda y es quemada por nuestra energía álmica de la Fuente Original.

Visualizamos cómo esa esfera se convierte en llama luminiscente y arde hasta desintegrarse reconvirtiendo todo lo que contenía en enegía de alta vibración armónica.

Esta vibración se expande ahora y cae sobre los emisores de loosh, ayudándoles a reequilibrar su campo energético en vibración armónica y dejar de emitir loosh.

Para terminar rematando, podemos terminar con el ejercicio de contraataque anterior.

APUNTE

Cuanto más necesiten de esta energía loosh para su consumo y tratamiento, más querrán apretar y preparar situaciones a nivel individual, general y global para generarla. Pero los humanos conscientes ya conocen su juego, no aceptan el sistema de control y la auténtica voluntad humana se eleva con soberanía.

-EJERCICIO PARA NEUTRALIZACIÓN DE EGRÉGORES.

Recordamos el ejercicio de expansión de vibración armónica. Ahí hay una clave.

EJERCICIO

Tras la activacion álmica y protección energética, visualizamos si los tentáculos del egrégor intentan alcanzarnos o incluso si han podido llegar a tocarnos. Con nuestra energía álmica quemamos todos esos tentáculos a nuestro alrededor, visualizándolo, sintiéndolo y decretando si hace falta. Ya no pueden alcanzarnos; cualquier tentáculo que lo intente será fulminado.

Siguiendo la línea de los ejercicios anteriores, visualizamos delante nuestra una esfera de energía de la Fuente Original y decretamos que todo el egrégor sea absorbido e introducido en esa esfera de energía incandescente de la que no podrá escapar.

Una vez llena de esa niebla tóxica, decretamos y visualizamos que es quemada por la energía de la Fuente Original para volver a ella. La esfera se encidende en viva llama hasta consumirse y desaparecer volviendo al núcleo eterno e infinito de la Fuente Primordial de la que formamos parte.

Igualmente decretamos que ningún egrégor pueda ser creado o generado accidentalmente para manipularnos o interferirnos; todas las almas son fractales de la Fuente Original. Carecen de permiso sobre nosotros y todos los permisos son restringidos. Cualquier contrato hecho por engaño o desconocimiento es inmediatamente quemado y anulado por nuestra esencia álmica, por la Fuente Original.

Posteriormente decretamos que todo lo que era ocupado por el egrégor, a nivel físico o extradimensional, es ahora ocupado por energía elevada de vibración armónica, la frecuencia de la verdad. Podemos realizar el ejercicio de expansión de vibración armónica.

Para los más guerreros, podemos terminar con el ejercicio de contraataque dirigido hacia la emanación o perpetrador que pretende el sometimiento, para ser anulado, expulsado y nunca más volver.

Los humanos unidos en consciencia no seguirán cayendo en burdas trampas.

-EJERCICIO PARA NEUTRALIZACIÓN DE RITUALES.
Como sabemos, hay días proclives para la realización de rituales y la apertura de portales dimensionales, invocaciones y acceso de entidades a esta realidad. Los días 3, 11, 22, luna llena, cambios de estación y otros tantos.

Coincidiendo con esos días (o no, pues los rituales son bastante más comunes de lo que se cree), los controladores suscitan algún tipo de incidencia o caos social para generar egrégor y emanación de loosh a nivel determinado o social.

Esta energía acumulada es aprovechada para la realización interesada de rituales de corte negativo con mayor parasitación y expansión de energía oscura.

Como sabemos, nos encontramos ahora mismo en una suerte de guerra espiritual y extradimensional donde sus consecuencias en la Tierra es buscar el sometimiento definitivo de la humanidad entre otras finalidades y agendas. La humanidad se liberará y saldrá adelante mejorada, pero no sin antes un esfuerzo de los seres con alma que habitan esta realidad.

EJERCICIO

Estos rituales se podrían contrarrestar con la energía de la Fuente Original.

Realizamos el ejercicio de contraataque usando un decreto del tipo: *-La energía de la Fuente Original de la que procede mi alma, quema cualquier energía negativa convocada sobre este país* (o ciudad, lugar, persona, etc.), *sin permitir la entrada ni acceso de ningún ser, entidad o energía negativa y bloquea cualquier portal que quiera ser abierto, siendo todo quemado y devuelto a su origen para siempre-*.

APUNTES

Hay herramientas más potentes y complejas, pero de momento y como punto de partida lo dejamos ahí.

El aumento de consciencia y la frecuencia de la verdad es lo que se expandirá.

EPÍLOGO

Como dijimos al principio del libro, esto es un resumen esquematizado de información. Es la mínima necesaria para comprender y acceder al método de Sintonización Álmica (que es expuesto en talleres privados e intentaremos hacerlo en próximas publicaciones) con el cual se puede acceder a la Información Primordial y a la de la Gran Mente Cósmica (Jaconor dixit), remoción de entidades, energías densas y oscuras, acceso a visualizar otras dimensiones (con los trucos para saltarse las barreras extradimensionales) y muchas más posibilidades.

Aunque simplemente con los ejercicios aquí expuestos hay un sinfín de posibilidades. El ejercicio de activación álmica/conexión Fuente Original, el comprender claramente qué es la Fuente Original, qué somos y la consciencia ampliada, es la base de todo.

Habrá que ir ampliando información, pero consideramos la aquí expuesta suficiente para remover consciencias y provocar un posible auténtico despertar. Al ser una información *no completa*, sería necesario acudir a la recomendada al final para tener una visión holística. El auténtico despertar y ampliación de la percepción requiere trabajo y esfuerzo.

Todo ser humano en este planeta está involucrado. Todos tienen su papel. Por pequeño que sea, todo esfuerzo es necesario. Empezamos trabajando en nosotros mismos, con disciplina. Esta realidad necesita un gran esfuerzo.

Después ampliaremos a nuestro entorno y los nuestros. Y poco a poco pero sin pausa, las pequeñas llamas se irán expandiendo de forma imparable. Siempre desde la vibración armónica (o elevada si prefieres llamarla así), con conocimiento de nuestra auténtica naturaleza y poder; sin dejar que nos apaguen y nos tengan sumidos en emociones bajas, estrés, ansiedad, frustración, rabia, victimismo, derrotismos, exaltados, ciegos, adormecidos... Eso se acabó.

Esta humanidad es libre en todos los sentidos, lo será siempre y jamás será engañada ni manipulada, dentro y fuera del tiempo, en esta línea temporal o en cualquier otra, en esta dimensión y en todas las dimensiones. Así es.

INFORMACIÓN NECESARIA

-El Tratado sobre Arcontes (vídeos):

Se recomienda descargar todos los vídeos y tenerlos como archivo personal.

-Libros: La Verdad sobre los Arcontes 1, 2 y 3. Jaconor 73.

-Visitar los canales divulgativos (con información clave) de Fran Parejo (Un Salto Quántico), Jaconor 73 y el Guerrero Interdimensional (YouTube, Telegram, Odysee, etc.).

ALGUNA LECTURA RECOMENDADA

-Meditación y Atención Serena. Ramiro Calle.

-El Fuego Secreto de los Filósofos. Patrick Harpur.

-El Libro del Ki. Koichi Tohei.

-Bibliografía de Corrado Malanga.

-Bibliografía de Robert Monroe.

Continuará...

Made in the USA
Coppell, TX
28 September 2024